手すさみの記

有明抄（知）の余滴

大隈知彦

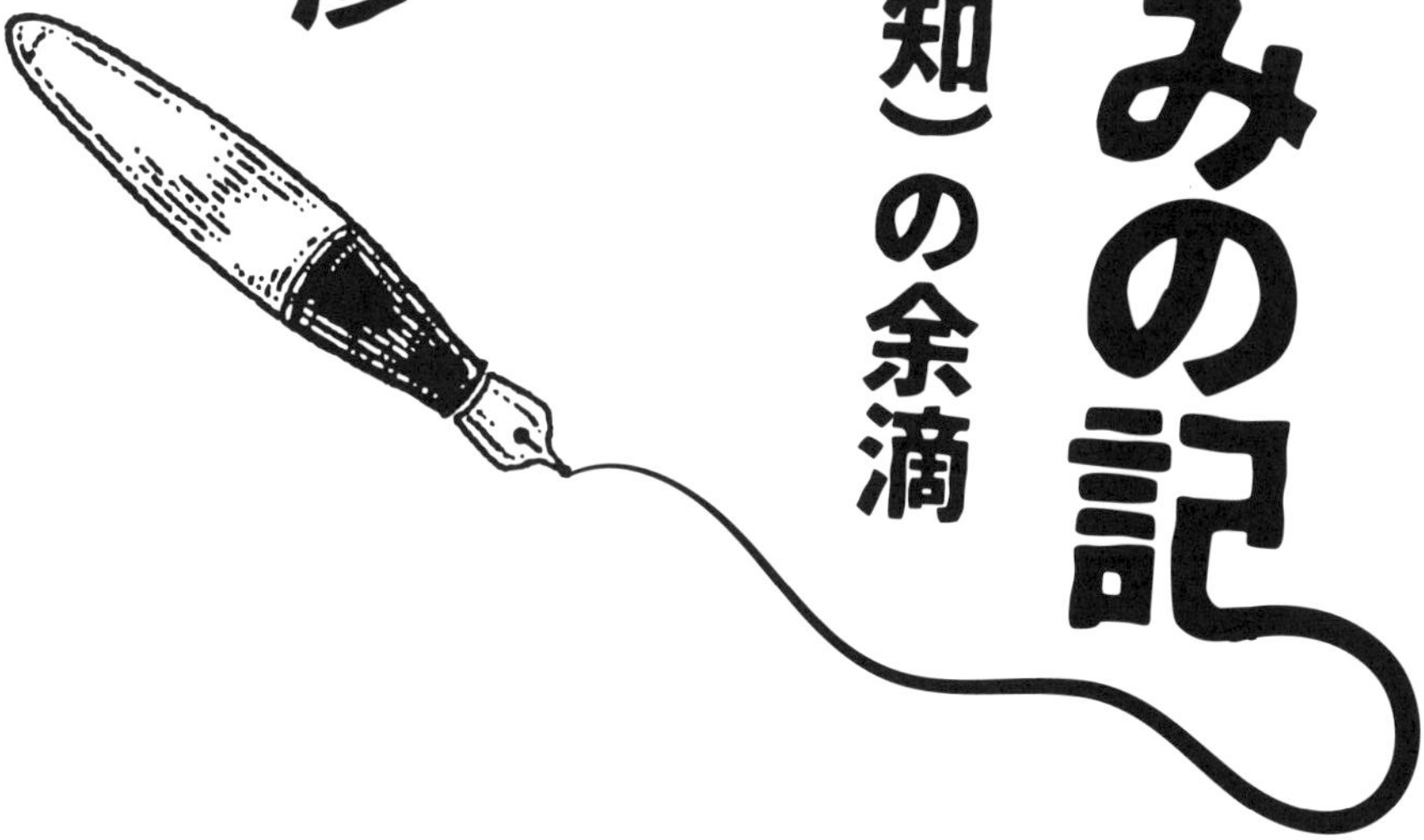

佐賀新聞社

手すさみのはじまり

定年まで1年を残しての退職だったため、周りからは「何か、やらかしたのではないか」と不審に思われたりもしたが、その逆である。残り1年、勤めたとして、何もやらかしそうになく、惰性で終わってしまう。自分にとっても組織にとっても、いい時間にはならないような気がした。潮時である。

退社式からしばらくは自宅の書棚を整理したり、年金や健康保険の手続きをしたりで慌ただしく過ぎたが、送別会でもらった花がしおれる頃になると、何となく落ち着かなくなった。考えてみれば幼稚園に通ってからずっと、どこかに属していた。退職してしまうと、所属はなくなり、名刺も持たない。退職で自由を手にしたと思っていたが、社会の中で浮いたような不安定さと心細さが攻めてくる。自ら決めて辞めたはずなのに、会社から、仕事から見切りをつけられたような痛みが胸の中でうずいている。

自由で、穏やか安定を得るにはどう過ごせばいいのだろうか。「手始めに」と取り掛かったのが、これまでの仕事を振り返ることだった。新聞社に36年間勤務して、最後の3年間は1面コラムを書かせてもらったのだから、記念にまとめてみようと思い立った。

作業を始めてみると、改めて感じたのが新聞コラムの〝賞味期限〟である。題材は連日、大きく報道された新型コロナウイルスやウクライナ侵攻をはじめ、政治課題や事件、事故などのニュースであり、月日がたってから読み返すと、どうもしっくりこない。新聞コラムはやはり、その日の社会の空気感の中で読むものではないのか。賞味期限が切れてしまったようなコラムをまとめたところで、面白くは読めないだろうと諦めかけた。

　だが、もともと未練がましい性分である。何とかできないだろうかと考え、思いついたのが補足の一文を添えることだった。そのときは盛り込めなかった話や読者の反応、新聞には書きづらかった個人的な思い出などを補足として付ければ、何とか読み物として成立するのではないか。中には蛇足でしかない一文もあるが、蛇の足を見たい人だっているかもしれない。そう思って、そう思うようにして机に向かった。

　タイトルの「手すさみ」は漢字で書くと「手遊み」、方言でいえば「手まぜ」である。ぽっかり空いた時間を持て余し、手遊びをするように気ままに書き連ねた。その時間は、自由で、穏やかな退職後の生活をつくる助走になったように思う。

　夜、ふとんに入って読んでいただき、翌朝はホンモノの「有明抄」を楽しんでもらえれば幸いである。

有明抄2021（令和3）年春～2022（令和4）年冬

有明抄2022（令和4）年春～2023（令和5）年冬

有明抄2023（令和5）年春～2024（令和6）年冬

「編集局長だより」から

有明抄

2021年（令和3）春

2022年（令和4）冬

顔の皺

（2021年4月3日）

この人は老いないのではないか。そんな気さえする女優の吉永小百合さんが対談で語った。どんなときに、もう若くないと感じたかと問われ、「涙が真っすぐに流れないで、横に走ったときです」。歌人の河野裕子さん（1946〜2010年）が『横に走る涙』と題するエッセーの中で紹介している◆河野さんは女優でなければできない表現と感心しながら「女性がうまく齢をとるということは、どういうことなのだろう。よけいな媚《こび》や甘えや身ぶりが抜けて、その人の人柄が洗い出されたように見えてくることなのかもしれない」と書いている◆吉永さんの真っすぐに流れる涙は美しいだろうが、横に走る涙も見てみたい。その皺《しわ》に、洗い出されたように人柄がにじむなら、人の心を動かすのに欠かせない魅力となる◆新聞の1面コラムは、顔の皺に例えられたりする。紙面の主役はニュースであり、コラムはないならないで事足りる。でも、皺が人生の深みを表すように、優れたコラムは紙面の味わいになる。堅苦しいニュースばかりでは窮屈で、コラムはひと息つける休憩所でもある◆きょうから小欄を担当する。今はただ、蛇行する涙しか浮かばずに心もとない。月に一度、週に一度でも少しの味わいを醸すような皺を刻めればと思う。毎度は求めない、読者の寛容にもすがりつつ。

２０２１年春から「有明抄」を担当することになった。週４回、年間約２００本のコラムを書いていくわけだが、力量があろうがなかろうが、自信があろうがなかろうが、宮仕えの身に断るすべはない。苦行のような日々の始まりだった。

最初の１本目は読者に挨拶をしなければならない。何を材料にしようかと考えたとき、思い浮かんだのは「顔の皺」「箸《はし》休め」「刺し身のつま」の三つのキーワードだった。いずれも１面コラムの例えに使われる。ないならないで事足りるが、ないよりはあった方がいい。控えめながらもそれなりの自負は伝わる、コラムの存在意義を示した言葉である。

さて、三つのうちのどれを使うかだが、そこにつなげるには前段の材料がいる。顔の皺は、記憶していた吉永小百合さんのエピソードが使えそうだ。箸休めは俳優の藤村俊二さん（１９３４～２０１７年）の言葉を思い出した。「おヒョイさん」の愛称で親しまれ、「主役ではなく、箸休めのような役者になりたい」と常々話していたという。刺し身のつまは何も思い浮かばず、吉永さんか、藤村さんかの選択となったが、やはり読者の食いつきは吉永さんだろう。藤村さんは好きな役者の一人であり、惜しい気もしたが、字数は限られている。コラムを書くのは取捨選択の作業でもあり、「取」よりも「捨」の方が悩ましくて難しい。

「努力」は「夢中」に勝てない

（2021年4月10日）

元陸上競技選手で、400メートルハードルの日本記録保持者・為末大さんは〝走る哲学者〟とも呼ばれる。語る言葉は輝かしい実績と相まって人をひきつけるが、子どもたちに向けた著書『生き抜くチカラ』（日本図書センター）には大人の心にも響く人生哲学が織り込まれている◆身長170センチで、陸上選手としては恵まれていなかった。だからこそ、自分の身体や特性を生かすため、戦略を考え抜き、世界のトップに躍り出た。著書には、その経験からつかんだ50のメッセージが並んでいる◆その中の一つに〈「努力」は「夢中」に勝てない〉という言葉がある。為末さんは「本当に強いのは、苦しい努力をがんばって根気よく続ける人よりも、そのことがおもしろくて、つい夢中になっていたという人」と述べている◆努力が大切なのは言うまでもないが、つらく苦しいイメージがつきまとう。でも、本当に好きなことなら、努力しているなんて感じずに、時間も疲れも忘れて没頭する。「夢中」は無意識のうちに「努力」を飛び越えていき、強さにつながっていくのだろう◆始業式、入学式も終わり、新年度が本格的に動き出す。子どもたちに限らず、春は幾つになっても新しいことを始めたいという思いに駆られる季節。スポーツでも、趣味でも、仕事でも、何か「夢中」に出会えればいい。

記者生活のスタートはスポーツ担当だった。ルールを知っているのは野球とサッカーぐらいで、特段、スポーツが好きというわけではない。取材に出向くと、そこに集まっている人たちとの温度差を感じ、取り繕って相手に合わせている後ろめたさを拭えなかった。

そんな具合なので、いっこうに競技の面白さはつかめなかったが、「どうして、そんなに打ち込めるのか」と、妙な興味が湧いてきた。技術や戦術は横に置き、選手の思いを聞こうと決めて取材を続けていると、少しずつ楽しめるようになってきた。その過程で気づいたのは、優れた指導者や選手は魅力的な言葉を持っているということだった。その言葉はときに哲学のような深みがあり、普遍的な広がりがあった。そうしたコメントが聞ければ、その言葉が最大限に生きるように記事を組み立てればいい。

為末大さんは世界の舞台で活躍した一流のアスリートである。「努力」は「夢中」に勝てない―という言葉は魅力的で、子どもたちに伝えたいと思った。その一方で、一流にはなれない、凡人は思う。「夢中」に出会うのはとても難しく、だからこそ「努力」を続けるしかない。その先に「夢中」が現れれば、「努力」を越えていくのではないか、と。為末さんも簡単には見つからない、「努力」の先に見つけた「夢中」の強さを語っているのだろう。

河島英五さん没後20年

（2021年4月17日）

酒どころの佐賀に生まれ育ちながら、悲しいかな下戸である。若い頃は「ご返杯」に苦しめられたが、酒の席もスマートになり、無理強いされることはなくなった。今は気兼ねせず、ウーロン茶で楽しく参加している◆そんな身ながら、この人の歌を聴くと、無性に飲めない酒を飲みたくなる。48歳で急逝、没後20年を迎えた歌手の河島英五さん（1952〜2001年）である◆大ヒットした『酒と泪と男と女』をはじめ、『野風増《のふうぞ》』や『時代おくれ』と、代表作は歌い出しから酒が登場する。酒場のカウンターで、独り静かに酒を飲む。日々の喜怒哀楽をのみ込んで、ひたすら愚直に、不器用に生きる姿が哀愁を帯びたメロディーの中に浮かんでくる◆河島さんの長女でタレントのあみるさんの発案で、命日の16日から京都市で創作ノートなどを展示した企画展が開かれている。ノートには推敲の跡があり、伝える言葉を研ぎ澄ませていた様子がうかがえるという◆〈♪忘れてしまいたい事や／どうしようもない寂しさに／包まれた時に男は／酒を飲むのでしょう〉。思うようにいかず、つらかった夜、この歌に慰められた人も多いのではないか。春宵《しゅんしょう》、佐賀の銘酒を味わい、しのんでみてはいかがだろう。コロナ感染には十分に気をつけて〈♪目立たぬように／はしゃがぬように〉。

毎日、何かの記念日である。著名人の「没後〇年」もその一つ。パソコンに「今日は何の日？」と打ち込めば、すぐに教えてくれる便利な世の中である。ネットがなかった時代に比べれば、実に恵まれた環境だが、その分、身に着け損ねた知識や技量もあるのだろう。

１年３６５日、どの日も誰かの没後〇年の命日である。書こうと思えば書けないことはないが、好きだった人や興味、関心があった人でなければ取り上げようという気持ちにはならない。思いがなければマス目を埋めるだけになり、読んだ人には見透かされる。河島英五さんは「書いてみたい」と感じる歌手だった。

社会人になったのはバブル崩壊前の昭和63年４月。世の中は好景気に沸き、佐賀も都市部ほどではないが、それなりに経済状況は良かった。仕事帰りに飲みに行く機会は多く、下戸の身ながら「スナックでカラオケ」に付き合った。酒と同様にカラオケも苦手で、マイクが回ってくると、♪十八番《おはこ》を一つ歌うだけ。この一曲で難局を乗り切っていた。自分の思い出に付き合わせるだけではコラムにならず、多少はいまの社会を映さなければならない。コロナ禍を受けて〈♪目立たぬように　はしゃがぬように〉と締めてみたが、改めて読み返すと、目立たぬように隠れたくなる。

昭和時代

（2021年4月29日）

若い記者の記事を読みながら、デスクが首をかしげていた。「昭和時代っていいますかね」。昭和生まれとしては「時代」を付けられると違和感がある◆中村草田男が〈降る雪や明治は遠くなりにけり〉と詠んだのは明治が終わって約20年後。それに比べれば昭和が終わって平成、令和と32年がたつ。昭和は確実に遠くなっている◆そんな世代に、なぜ「昭和の日」なのかを知らない人がいても不思議ではない。天皇誕生日だったと記憶しているのは40代以上だろうか。祝日法では「激動の日々を経て、復興を遂げた昭和の時代を顧み、国の将来に思いをいたす」となっている◆「激動」といわれるように、悲惨な戦争を経験した日本は驚く速さで経済成長を果たし、豊かな社会を実現した。いろんな評価はあろうが、昭和の後半は勢いがあった。平成に入ってバブル崩壊、相次いだ震災と厳しい状況が続き、今はコロナ禍にあえいでいる◆〈歴史は繰り返さないが、韻を踏む〉。全く同じではないが、歴史は似たような音色を繰り返すという意味だろうか。もし本当に韻を踏むのなら、いずれ上向きに転じるときがくる。コロナが終息した後は、戦後とは違ったかたちで韻を踏み、明るさを取り戻したといえる歴史をつくれたならと願う。そのために何をすべきか、将来に思いをいたしたい。

若い人たちが「昭和時代」と表現するのは、分からないではない。でも、昭和生まれで、学生時代まで昭和を過ごした身としてはやはり違和感がある。そう感じてしまうのは平成、令和と時代が移り、遠い過去となって置き去りにされる寂しさからかもしれない。

「昭和時代」の天皇誕生日だった4月29日、同世代やもっと上の世代は共通の思いを抱くのではないかと思いながら書いたコラムだが、複数の読者から同じ内容の電話を受けた。それは「韻（いん）の読み方が分からない」という本筋の話とは関係のない問い合わせだった。いずれも高齢者で、一人は「難しい漢字にはルビを振れ」とおかんむりだった。

読者の反応はありがたいとはいえ、「そんなに怒らなくても…」という気持ちもある。若い社員に「韻は読める?」と尋ねてみると、さも当たり前といった表情で「それくらい読めますよ」と答えた。若い世代はラップになじんでおり、韻律を楽しんでいるという。活字離れの若者は漢字が苦手などと勝手に決めつけ、あなどってはいけない。

俳句や短歌などの文学で「韻を踏む」という言葉を知ったが、時代は巡っている。何から知識を得るかは人ぞれぞれで、さらに多様化している。自分が疎い世界に眉をひそめるばかりではいけないと戒めている。

自腹を切る

（2021年5月17日）

徐福が葦の茂みをかき分けて上陸した際、川に落ちた葉が魚になった―。弘法大師が葦の葉を取って川に浮かべたら魚になった―。そんな伝説が残るのも分かる気がするエツの姿形である◆カタクチイワシの仲間で、体長は30～40センチ、細長くて平べったい。有明海湾奥に生息し、この季節になると産卵のために筑後川を上ってくる。漁期は5月から7月中旬。まさに地域限定、期間限定で、「まぼろしの魚」ともいわれる夏の食材である◆「佐賀市もろどみｉｎ食の会」（津田良雄会長）が開いたエツ料理の披露会を取材した。エツは小骨が多く、骨切りをする。サクッ、サクッとリズムよく、片面で１５０回ほど包丁を入れるという。その手際は耳にも心地良い職人技。刺し身や煮付け、塩焼き、すり身など紹介された料理は多彩で、どれもうまそうだ◆と、ここまで書いておきながら、一度もエツを口にしたことがない。何事も強く求めなければ結べない縁があるようで、この日も予定されていた試食は新型コロナの感染予防で中止になった。コロナはこんなところまで邪魔をする◆披露会に出席していた山口祥義知事に尋ねると、南蛮漬け、中骨のから揚げ、押しずしがお薦めだとか。見事な骨切りを見せてもらったからには、こちらは自腹を切って応えようか。旬の味が楽しみである。

新聞コラムはニュースだけでなく、季節の風物もテーマになる。地域色が出ると身近に感じてもらえる。初夏になると、筑後川流域の佐賀市諸富町の飲食店では、エツ料理が提供される。新型コロナウイルスの感染拡大で重たい空気が漂う中だったが、シーズンの幕開けに際して披露会が開かれると聞いて取材に出向いた。そこで「骨切り」の見事な職人技を初めて目にし、コラムに盛り込んだところ、翌朝、読者から思いもよらぬメールが届いた。

メールは匿名だったが、文章の感じから察すると年配の女性。「新聞記者はそんなに偉いんですか。自腹を切るのは当然でしょう」とピシャリ。もちろん、そんなつもりは毛頭なく、言葉遊びのつもりで軽く笑ってもらえればと思って書いたオチだったが、怒らせてしまった。お詫びのメールを送ると、「そうかなとは思いましたが、年を取ると気が短くなってすみません」と返信が届き、円満に解決した。

「言葉は翼を持つが、思うように飛ばない」という箴言がある。十分に考えて書いたつもりでも、こちらの意図通りに伝わらず、反感を買ってしまう場合さえある。それを受け手側の問題として片づけては、いつまでたっても思うようには飛ばせない。目配り、気配りを怠らず、日々精進の文章修行だった。

永六輔さんの励まし

（2021年5月27日）

コメディアンの萩本欽一さんが『ダメなときほど「言葉」を磨こう』に、永六輔さんのラジオ番組に出演した時の思い出を書いている。それが2人の最初の出会いで、永さんはこう切り出した◆「年を重ねるとたくさん知り合いができて友だちができたりするけど、もう友だちも知り合いもいらないね。付き合う時間もないし」と。確かに人付き合いは楽しい半面、煩わしくもあり、ことさら出会いを求めなくても過ごしていける。だが、それも何人かの友人がいてこそだろう◆日本、米国、ドイツ、スウェーデンの高齢者（60歳以上）を対象にした内閣府の国際比較調査で、日本は31・3％が「親しい友人がいない」と答えたという小さな記事が気になった。米国は14・2％、ドイツは13・5％、スウェーデンは9・9％だった◆社会に出ると学生時代の友人とは離れ、仕事での付き合いが中心になる。退職すれば、その人たちとも疎遠になる。かといって隣近所に友人といえる人はいない。わが身に照らすと、数年後には孤独な高齢者になりそうな予感がする◆永さんは言葉を続けた。「でもね、その中でも知り合いたい、友だちになりたいっていうのが出てくるんだよ。欽ちゃん、よく来たね」。友人を大切にして、新しい出会いにも前向きに生きなきゃね。永さんからの励ましに聞こえる。

文章や語り。言葉を大切にしてきた永六輔さん（1933〜2016年）は知恵にあふれた言葉に魅かれ、『職人』『商人《あきんど》』と題した語録集を出している。

「人間、暇になると悪口を言うようになります。悪口を言わない程度の忙しさは大事です」

「職業に貴賤はないと思うけど、生き方には貴賤がありますね」

「人間、出世したか、しないかではありません。いやしいか、いやしくないかですね」

「商売の恩は石に刻め。商売の仇《あだ》は水に流せ」

「商品を紙で包まないでさ、言葉で包めばいいんだよ」

市井の人々の経験から生まれた言葉は味わい深く、胸に響いてくる。

日本の高齢者は親しい友人が少ない―。小さな囲み記事が目に留まり、思いを巡らせていたときに浮かんだのが欽ちゃんに語った永さんの言葉だった。退職してみると、社会とのつながりは薄れるが、煩わしい人間関係から解放されて、もう新しい友だちも知り合いもいらないという気持ちになってくる。「それではいけないよ」と説教をするのではなく、さりげなく新しい出会いを歓迎する永さん。その言葉に触れると思考が広がり、誰かに伝えたくなる。ヒントを頂戴して、連想ゲームのように構成を考えている時間は楽しいものである。

宿題の夢

（2021年6月19日）

脚本家の向田邦子さんが宿題の話を残している。〈いい年をして、いまだに宿題の夢を見る〉と書き出すエッセーは、軽やかな文章で親子の情愛がつづられている◆エピソードの一つに登場するのが「桃太郎」の全文をノートに書き写す宿題。朝になって思い出した向田さんは、温かいおひつの上でべそをかきながら書いた。〈そのせいか、今でも、桃太郎というと、炊きたてのご飯の匂いを思い出して困ってしまう〉と◆「有明抄」が白紙になっている新聞が届いた夢を見たことがある。「何曜日？」と、慌てて自分の担当かどうかを確かめているところで目が覚めた。日々の仕事は宿題のようでもあり、〈いい年をして…〉という向田さんに救われる◆誰しも何かしらの宿題を抱えて生きているが、菅義偉首相は宿題の夢を見るのか。東京五輪については「安全安心の大会にする」と繰り返し、新型コロナのワクチン接種は10月から11月にかけて、必要な国民すべてに終えると約束した。どちらも大事な宿題である◆一国のリーダーの重圧は想像もつかないが、白紙の夢を見るほど小胆ではないだろう。沖縄県を除いて緊急事態宣言の解除を決め、夢の台本は五輪成功、コロナ収束、政権浮揚、衆院選大勝―。眠りの中まで立ち入るのはおせっかいがすぎるが、宿題はべそをかかずに最後まで。

原稿用紙1枚半ほどの有明抄を週に4本、書けばいい。それ以外は何をしていようが自由気ままで、出社しなくてもとがめられない。頭の中で原稿の組み立てができれば、実際に書いているのは2〜3時間程度。うまく進む時は1時間もかからない。「うらやましい」と給料泥棒を見るような視線を送る同僚もいたが、これが淡々と続く生活は意外につらかった。

5月の大型連休、お盆休み、年末年始の休み…。世の中が行楽シーズンで盛り上がっていようが、当番の曜日が規則正しく訪れる。1本、何とか書けたと思ったら、すぐに次が待っている。その繰り返しがエンドレスで続き、風邪などひいてはいられない。忙しいかと聞かれれば暇ではあるが、テーマを決めるまではずっと何かを背負って歩いているような気分だった。それは、先生が毎日、出してくる宿題を抱えているようでもあった。

40歳になったころ、2年間だけ論説と1面コラムを担当した。当時、机を並べていた先輩は朝、新聞を広げて「きょうはこれを書こう」と言ってパソコンに向かっていた。書き終わると、好きな展覧会や音楽会に出掛ける。見事な切り替えを目にして、何ともうらやましかった。それに比べて「次は」「その次は」と心配になって気持ちが晴れない性分がうらめしく、向田さんのエッセーに救われる思いだった。

具志堅用高さんの「ありがとう」（2021年6月24日）

元プロボクサーの具志堅用高さんは飾らない人柄で親しまれている。いつもとぼけた言動で笑いを誘うが、バラエティー番組で語った上京当時の逸話が視聴者の胸を打った◆上京したのは、沖縄が本土復帰した2年後の1974年。〈沖縄出身というだけでアパートの契約ができなかった。あの時代のニュースは米軍基地の暴動で毎日、けんかしてて事件が多かった。2年後に世界チャンピオンになったら先輩たちが来て「ありがとう」と言った〉◆普通ならば、贈る言葉はおめでとうだろう。それが沖縄出身で初めて世界王者になった具志堅さんに、先輩たちは感謝を伝えた。県民の4人に1人が亡くなった沖縄戦、敗戦後のアメリカ統治、今も続く米軍駐留…。「ありがとう」は苦難の歴史を乗り越え、希望を見いだそうとした言葉のように思える◆きのう23日は沖縄戦の犠牲者を悼む「慰霊の日」だった。平和祈念公園で営まれた追悼式で、中学2年の上原美春さんが平和の詩「みるく世《ゆ》の謳《うた》」を朗読した。みるく世は沖縄の方言で「平和な世界」。紡がれた言葉は力強く、忘れない、みるく世をつくるという決意が心に響いた◆沖縄慰霊の日、広島、長崎の原爆の日、終戦記念日。上皇さまは「忘れてはならない四つの日」と述べられている。記憶の継承。沖縄だけが背負う日ではない。

一日の始まりに暗い話題は避けたいと思うが、新聞コラムはそういうわけにもいかない。とりわけ、戦争は取り上げなければならないテーマである。沖縄慰霊の日と広島、長崎の原爆の日、終戦の日は必ず取り上げるようにしてきたが、大上段に構えて平和を説いてもすんなり届かない気がする。できるだけ軟らかい題材で、読む人が静かに考えるような話がいい。

具志堅さんはバラエティー番組でもおなじみで、ちょっとおバカなキャラクター。そんな具志堅さんが語ったエピソードが何とも哀しく、心に残っていた。明るさの背後にある沖縄の歴史をより身近に感じてもらえるのではないか。毎年、訪れる「忘れてはならない四つの日」が近づくと、題材探しに苦労したが、思いを馳せる時間を少しでも持ってもらえたならと願って書いていた。

慰霊の日に小学生や中学生が朗読する「平和の詩」はいつも胸を打つ。詩の内容、語り口。どれだけ練り上げ、練習を重ねたのだろうと感心するばかりである。首相をはじめ、政治のリーダーも十分に考えた挨拶文を読み上げるが、どうしてもかすんでしまう。純粋な心で紡いだ平和の詩に対して、思惑が交錯する国際情勢に配慮せざるを得ない中で作成された挨拶文。どちらが率直に響くかは明らかであり、言葉とはそういうものである。

幸せのお裾分け

（2021年6月28日）

医師で作家の鎌田實さんの広告企画エッセー「新しい時代の生き方のヒント」を楽しみにしている。毎月第3日曜に本紙1面に載っており、前回は「幸せのお裾分け」と題して母の思い出がつづられていた◆鎌田さんは貧しい家庭で育ち、たまに頂き物があるとうれしかった。「いっぱい食べるぞ」。でも、母は必ず近所にお裾分けをしたという。〈苦しい自己犠牲で人を助けなくてもいいけど、突然幸せがやってきた時、ほんの少しお裾分けしてみると、幸福感が増すことを教えられました〉◆誰しも自分を優先するのは当然だろう。少し前まで「アメリカ・ファースト」なんて言葉もよく耳にしたが、国にしても「まずは自国」となるのは仕方ない。でも、そこにお裾分けの精神があれば、社会は少しずつ違った展開を見せるのではないか◆中国から東南アジア諸国連合（ASEAN）各国への供給が確定した新型コロナのワクチンが1億2千万回分を超えたという。「ワクチン外交」をてこに、影響力の拡大を狙っている。対抗する先進7カ国も途上国への供給を表明して巻き返しを図る◆提供を受ける側にすればありがたい支援でも、覇権争い、富める国の力の誇示になっては寂しい気がする。ワクチンとともに、お裾分けの心も一緒に世界へ広がればいい。みんなの幸福感を増すために。

鎌田實さんにお会いすると、いつも柔和な笑顔だった。多方面で活躍する著名な方だが、偉ぶることはない。器の大きさを感じさせる人だから、高校生にも響いたのだろう。佐賀清和高校で講演された際、体育館の隅で聞いていた。患者との関わりや貧国での支援活動など、講演は素晴らしい内容だったが、それ以上に驚いたのは生徒たちの反応だった。

鎌田さんの話が終わり、質疑応答の時間。手を挙げる人はほとんどいないことが多いが、一人の女子生徒が涙ながらに質問すると、次々と手が挙がって予定時間を大幅に過ぎた。中には質問というよりも、夢や悩みを語る生徒もいて「何としても聞いてほしい」という気持ちが伝わってきた。それほどに鎌田さんの人柄、生き方に共感を覚えたのだろう。

鎌田さんとの出会う機会をいただいたのはミズ薬局を展開する溝上泰弘さんだった。縁をつないでくれる人は大切な存在で、そこから佐賀新聞で健康長寿に関する連載をしてもらうことができた。

「99%は自分のために。1%は誰かのために」。鎌田さんが講演で話された言葉である。幸せのお裾分け。誰かのために1%のお裾分けをしてきたかと問われれば返答に窮するが、還暦を過ぎて「1%では少ないな。せめて10%くらいは」と欲張ってみたい。

「鉄人」の心配り

（2021年6月29日）

プロ野球の広島カープで連続試合出場記録を樹立し、国民栄誉賞も受けた衣笠祥雄さん。1979年8月1日、巨人戦で西本聖投手から死球を受け、肩甲骨を折った。それでも次の試合、代打で出場して記録は続いた◆その打席は江川卓投手の前に、フルスイングでの三振。試合後、衣笠さんは語ったという。「1球目はファンのために、2球目は自分のために、3球目は西本君のためにフルスイングしました」。それにしても江川君の球は速かった」◆朝のワイドショーを見ながら、「鉄人」と呼ばれた衣笠さんの逸話がふと浮かんだ。ドライブレコーダーの普及に伴い、あおり運転の一部始終が幾度となく流れる。「追い越された」「クラクションを鳴らされた」。ささいな行為に腹を立て、常識外れの運転で攻撃する。あおられた人の恐怖はいかばかりか◆そんな映像を見せられると、衣笠さんの3球目の思いが心に染みてくる。故意ではなくとも、「自分の死球で記録が途絶えてしまったら…」。失投を悔やんでいたであろう西本さんは、この一言で救われたに違いない◆コロナ禍のいら立ちもあってだろうか、怒りの発火点が下がってはいないか。寛容さ、優しさを失った社会は息苦しく、誰も幸せにしない。あおり運転が厳罰化されてあす30日で1年になる。改めて鉄人の心配りを胸に。

スマートフォンで簡単に動画を撮影できるようになった。撮った映像はすぐにSNSで発信。こうした情報環境の変化に伴い、ニュースのありようも変わってきている。朝のワイドショーを見ていると、万引や酔っ払いのけんかなど一般の人が撮影した動画が流される。臨場感があって迫力があり、つい見入ってしまうが、冷静に考えると、新聞記事にはならない軽微な犯罪やトラブルばかり。少なくとも全国放送で流すような事案ではない。

あおり運転も短時間で収まればそうした類のトラブルで済むが、エスカレートして命の危険にさらされる事案が増えてきた。恐怖に陥れる無謀な行為は犯罪である。怒りは瞬時に高まったとしても、持続しにくい感情だと思っていたが、どうも違うようだ。怒りは粘着質の恨みに変容して不気味さを纏い、執拗なあおり運転につながっているように感じる。

衣笠祥雄さん（1947〜2018年）は、「赤ヘル軍団」の活躍を知る世代には懐かしい名選手の一人である。引退後のテレビ解説は誠実な人柄が伝わる語り口で、好感を持った。「強くなければ生きていけない。優しくなければ生きていく資格がない」。レイモンド・チャンドラーが私立探偵に語らせた台詞が浮かんでくるような「鉄人」の逸話。怒りの抑制剤として、心の片隅に備えておきたい。

相田みつをの言葉

（2021年7月13日）

芸能人の水彩画や俳句などを格付けするテレビ番組がある。〈焼き鳥屋の団扇に相田みつをの詩〉。先日の放送で落語家・立川志らくさんの作品に、俳人の夏井いつきさんが手を入れた一句である◆相田みつを（1924〜91年）は短歌や禅を学び、書家を志した。権威のある書道展で何度も入賞したが、専門家でなければ理解できないような書のあり方や伝統的な書道界に疑問を抱くようになったという。書と詩を融合した独自の世界を模索し、平易な言葉で伝える作風を確立した◆『にんげんだもの』をきっかけに広く知られるようになったが、再び注目を集めている。長男の一人さん（相田みつを美術館館長）は「父の言葉は日本が災禍に遭うたびに求められてきました」と語る◆全国各地で発生する地震や豪雨被害、重たい空気で社会を覆う新型コロナ。閉塞感や生きづらさを感じる日々を過ごしていると、人は寄る辺がほしくなる。練り上げ、研ぎ澄ました相田の言葉がその役割を担い、焼き鳥屋の団扇のように、暮らしの中に溶け込んでいる◆佐賀県立美術館で相田の「全貌展」が開かれている。青年期から晩年まで「自分の言葉、自分の書」を貫いた130点が展示されている。これからの人生を少しでも優しく、強く生きていければ―。伴走してくれる言葉に出会える展観である。

落語は本編に入る前のまくらも楽しい。単に場を温めるだけでなく、上手い落語家はまくらを語りながら観客の反応を探り、笑いの感度に合わせて本編を変えたりするという。まさに「話芸」である。観客もまくらを聞きながら、落語の世界に入る準備ができる。まくらだけを収めた本も出ており、好きな人は多いようだ。

まくら―本編―さげという流れはコラムの基本構成の一つである。本編となるテーマを決めると、まくらになる話を考えるが、これがなかなか上手くいかない。適当なエピソードが見つからず、自分の思い出話などで始めると身辺雑記のようになりがち。逆に、「これはぴったり」と思えるまくらができると、一気に原稿が仕上がっていく。そんな経験は年に数回といったところだったが…。

いつからか、〝まくら探し〟が習慣のようになった。いい話だなと思えば、コピーを取ったり、スマホに記録したり。運転中にラジオで面白い話を聞くと、次の信号待ちで慌ててノートに書く。テレビも同様で、立川志らくさんの俳句をメモしていた。スムーズに本編へつながったかどうかはさておき、まくら探しも続けていると楽しみの一つになった。スマホには日の目を見なかったまくら候補がたまっている。

みんなのうた

（2021年7月22日）

子どもの頃は家族そろってテレビを見た。明治生まれの祖母が懐かしい歌の番組を見たいと言えば、名前も知らないベテラン歌手の曲をやむなく聴かされた。逆に、人気のアイドルが出ていれば「こんなのがはやってるの？」と付き合ってくれた◆茶の間に置かれた1台のテレビを囲んだ時代は、みんなが知っている歌があった。核家族化、少子化が進み、世帯人数は減少。その上、若い世代はテレビもあまり見なくなり、もっぱらスマートフォンで動画、耳にはイヤホンを付けている◆そんな現代にあって、共有する歌を届けているのがＮＨＫ『みんなのうた』かもしれない。「大きな古時計」や「北風小僧の寒太郎」「一円玉の旅がらす」など、幅広い世代に親しまれた歌が数多くある◆今年は放送60年の還暦を迎え、視聴者から募った思い出も流れている。これまでに放送された歌は１５００曲以上。家族で聴いたのはそのうちのほんの一部だろうが、歌の数だけ一緒に過ごした時間がある◆夏休みが始まった。昨年は新型コロナの影響で短かったが、今年は例年通りの長い休み。あすは東京五輪の開幕で、この夏はテレビの前に集まる時間が増えるだろう。さて、直前までドタバタした開会式ではどんな楽曲が流れるのか。「家族で見たね」。映像とともに、記憶に残る音楽を聞きたい。

仕事場ではいつもテレビをつけていた。ニュースのチェックや重大事案への警戒のためだが、普段はただつけているだけでほとんど見てはいない。それでも原稿が進まない時などは気分転換にもなる。チャンネルはＮＨＫに合わせていることが多く、聴くともなしに聴いていたのが『みんなのうた』だった。

♪まいにちかいしゃにいかなくても　べんきょうしなくても　だれにもしかられない　おじいちゃんていいな

退職が近い年齢になると、「おじいちゃんていいな」（作詞・小黒恵子、作曲・中山竜）が妙に耳に残った。そうか、もうすぐ勉強しなくても、会社に行かなくても誰からも文句を言われないのか。悠々自適の憧れの生活に一抹の寂しさが入り混じり、声を出さずに口だけ動かして歌っていたのを思い出す。

おじいちゃんの仲間入りが近い年齢になり、最近の歌には全くついていけない。1番、2番、3番の区分けもなく、英語満載の歌詞が頭に入ってこない。「茶の間」も「テレビ桟敷」も死語になり、昭和歌謡が懐かしい。「おじいちゃんていいな」と、うらやましがられるほど生きやすい高齢社会ではないのかもしれない。

益川敏英さん死去

（2021年7月31日）

知らせの電話は直前に掛かってきた。「1時間後に発表するが、受けてもらえませんか」。辞退する人だっているだろうに、1時間後とは。これにカチンときた。「どうせ欲しいんでしょ、という高飛車な態度に腹が立った」。2008年、ノーベル物理学賞を受けた益川敏英さんは自著で発表当日を回想している◆受賞の感想を聞かれて開口一番、「大してうれしくない」。全国に流れた〝益川節〟の第一声は「ふざけたのではなく、本当に腹立たしい気持ちだったから」と振り返っている◆議論好きで、何事も筋を通す。かといって、気むずかしいわけではなく、飾らない人柄、率直な物言いで人をひきつけた。一緒に受賞した小林誠さんの静かな印象とは対照的で、名コンビぶりも話題になった◆業績は、物質を構成する基本的な粒子の素粒子理論。宇宙の始まりから自然界に存在したと考えられる「対称性の破れ」を提唱した。何のことやらの世界であり、やはり異次元のすごい人なのだが、英語嫌いには親近感が湧く◆中学1年の時、マネー（money）を「もーねい」と読んでクラス中に笑いが起きた。それ以来の英語嫌い。ノーベル賞の記念講演までも日本語で押し通した81年の生涯だった。天国の公用語が何語かは知らない。日本語が通じるのなら、益川節でにぎやかだろう。

子どものころから理科や数学が苦手だったが、それは大人になっても変わりようがない。ノーベル賞を受けた偉大な科学者について書こうとする際、研究の内容や業績に正面から挑むのは無謀である。横から、斜めから近づくのが戦術であり、文系人間にも分かるエピソードや言葉を探すのに懸命だった。

「一日生きることは、一歩進むことでありたい」（1949年物理学賞　湯川秀樹）

「ふしぎだと思うこと、これが科学の芽です。よく観察してたしかめ、そして考えること。これが科学の茎です。そして最後になぞがとける。これが科学の花です」（1965年物理学賞・朝永振一郎）

「あることを成し遂げるためには、いろんなことを切り捨てないとだめなんですよ」（1987年生理学・医学賞　利根川進）

科学者たちの究めた言葉は研究のように難解ではなく、すとんと胸に落ちてくる。益川敏英さんには受賞時から親しみやすさを感じていた。英語嫌いの逸話に人柄が表れているが、示唆に富んだすてきな言葉も残している。

「じっとしていてもロマンはやってこない。迷ったり壁にぶつかったりしながらも実際に動き出してしまえば、憧れはロマンに変わる」

夏の「援」（2021年8月10日）

夏のスポーツシーズンになると、思い出すコラムがある。2014年7月、当時の本社スポーツ担当記者が高校野球県大会決勝の日の出来事を書いている。甲子園出場をかけた一戦。試合は午後1時からなのに、記者は朝から球場でごみ拾いをする選手の父親を見かけた◆声を掛けると、父親は「そわそわしてしまって、会社にいても役に立たない。ごみを一つ拾うと、アウトを一つ拾えるような気がして。ピンチの時に何かの力が働き、助けてくれたらいいいんですけど」と照れた様子で話し、ごみ拾いを続けたという◆暑い日、寒い日、早朝も、暗くなっても。わが子の頑張りは十分に知っているが、親にできるのは応援だけ。アウトを取るのも、ヒットを打つのもプレーする本人にしかできない。それでも、何かをせずにはいられない◆応援、声援…。「援」の字には手を差し伸べて助けるという意味がある。伸ばした手と手がつながって、気持ちが通い合う。結果はどうあれ、大きなエネルギーとなって伝わり、苦しい時に踏ん張る力を与えてくれる◆きょうから甲子園も始まるが、夏休みはスポーツも文化系も部活動の成果を披露する大会が開かれる。昨年は新型コロナの影響で中止も多かったが、今夏は工夫をしながら開かれているようだ。いろんな形の「援」を広げ、思い出の夏に。

コラムを書いていると、たまには読んだ人に感動を届けたいと思う。何が人の心を打つだろうか。著名人の華々しい活躍や隠れた努力は「さすがだな」と感心するが、わが身に照らすと立派すぎてどこか遠く感じる。身近なところにいい題材はないかと考えを巡らせるが、現場を離れているとなかなか見つからない。

息子の甲子園出場を願ってのごみ拾い。なんの効果もないのは分かっていても、何かをせずにはいられない。小さなことだけれど、なかなかできない行動がじわりと沁みる。温かくて、切なくもある親の心情にあふれたエピソードが忘れられずに、後輩が書いたコラムから借用した。そのタイトルも記憶に残っている。「ごみ一つ、アウト一つ」。椅子に座って、本やネットでネタ探しをしていては書けないコラムである。

それにしても、この記者はなぜ早朝の球場にいたのか。注目の決勝戦を迎え、気持ちは高ぶり、早々と取材に向かったのだろう。だからこそ、この父親のごみ拾いに遭遇できたし、見過ごさずに声をかける勘の良さも備えていた。単なる偶然かもしれないが、偶然で片づけては学びがない。フランスの細菌学者ルイ・パスツールの言葉という。〈偶然は準備のできていない人を助けない〉。ねたみ、ひがみは捨てて、胸に留めておきたい箴言である。

消せない電話番号

（2021年8月12日）

もう使わないと分かっているのに、思い出のある物はなかなか捨てられない。それと似たような感覚だろうか、スマートフォンに登録している電話番号が消せない◆初めて携帯電話を手にしてから20年以上がたち、登録している番号はかなりの数になった。その中にはすでに亡くなった人もいて、もう掛けることはできない。それなのに、「削除」を押すのがためらわれる◆表示された名前を見ると、思い出がよみがえってくる。「楽しい人だったな」「困った時に、よく助けてもらったな」と声も一緒に浮かんでくる。会えないと思うと、登録している番号が消してはいけないつながりのように思える◆あすから、お盆を迎える。新型コロナの緊急事態宣言、まん延防止等重点措置が首都圏をはじめ、全国各地に適用され、今夏は帰省を見合わせる人も多いようだ。家族そろってとはいかないが、各家庭では迎え火をともし、ホオズキを飾って先祖を待つ。いつもと変わらないお盆の光景があるだろう◆コロナ禍で慶事の催しはほとんどなかったが、別れの式には何度か参列した。お盆は亡くなった家族や親類、友人など、大切な人たちと対話をする時間になる。「何とか頑張っています。しっかりと生きているように見えていますか」。懐かしい人に感謝しながら、胸の内で語り掛けてみる。

電話番号が消せないと言いながら、電話をかけるのは、ちょっと躊躇する。相手は会議中かもしれないし、誰かと会っているかもしれない。都合が悪ければ出ないだけであろうが、迷惑ではないかと気になって、できるだけ控えるようにしてきた。相手と直接つながる携帯は、固定電話にかける以上に気を遣う。

もらった名刺に携帯電話の番号とメールアドレスが書かれていれば、次に連絡する際は迷わずメールを選択する。時間のあるときに読んでもらえばいいわけで、迷惑をかける心配が薄れる。一方で、直に話をした方が文字にする手間が省けて早いし、親しくなるという人もいる。メール派、通話派、どちらがいいかは相手との関係性にもよるだろうが、社会生活を送る上で人と人の距離の取り方に無頓着ではいられない。

携帯電話が普及し始めた頃は、電話番号を知っているだけで人間関係ができたような感覚があった。仕事関係の人から「携帯の番号、教えて」と言われると、信用してもらった喜びを感じたものである。そうやって増やしてきた登録件数は仕事の足跡でもあり、相手が亡くなった後も消せずにいる。懐かしく振り返っていると、いろんな思いが巡って、もう使うことはない数字の羅列が違って見えてくる。

歌えない校歌

（2021年9月7日）

〈星は星のみ相通ふ／奇しき言葉のありときく／学舎同じき友輩《ともがら》に／通ふ奇すしき思念あり〉。佐賀商業高の校歌である。卒業生でもないのに、歌い出しは口ずさめる◆記者駆け出しはスポーツ担当。野球の取材をしながら、昔の佐賀球場で何度も聞いた。1994年、全国制覇を果たした際も甲子園のスタンドで。歌詞、曲ともに味わい深く、今でも耳に残っている◆入学式、卒業式、始業式、終業式、全校集会。体育館の壁には歌詞が掲げられ、生徒は集まるごとに校歌を歌った。面倒くさくて口だけ動かして叱られたり、歌い直しをさせられたりしたのも懐かしい思い出である◆先日、県内の高校の先生が心配していた。「今の1、2年生は校歌を覚えていない生徒がいるんですよ。なにせ、集まって歌う機会がないですから」。新型コロナ感染防止のため、学校では大勢が集まる行事をできるだけ控えている。2学期の始業式もリモート形式で、紙面には生徒の姿がない写真が載っていた◆ワクチン接種が進んできたとはいえ、10代はこれから。集団感染への警戒を緩めるわけにはいかない。学舎同じき友輩も、顔をそろえられない厳しい状況で、2年生は入学時からずっと続いている。自由に校歌が歌える日はいつになるのか。「歌う機会がなかった」では、寂しすぎる思い出である。

年号が平成に代わった年の春から記者生活が始まった。スポーツ担当だったが、当時はサガン鳥栖もバルーナーズもなく、アマチュアスポーツが取材対象。メーンは高校スポーツで、インターハイと甲子園は最大のイベントだった。

高校野球は古い佐賀球場1カ所で県予選が行われ、すべての試合を見ていた。それが終わると、優勝校に同行して甲子園へ。佐賀商業は毎年、優勝候補の筆頭に挙がる強豪で、何度も校歌を聞いているうちに覚えた。ほかの強豪校の校歌も同じように聞いたはずだが、口ずさめるほどにはならなかった。〈星は星のみ相通ふ　奇しき言葉のありときく〉。佐賀商業の校歌は文語調の歌詞が意味深く、旋律も沁みた。自分の母校の校歌はよく覚えていないのに、何とも不思議である。

新聞社にはいろんな委員就任の依頼がある。引き受けた学校評議員の会議が終わって雑談をしていると、なにげなく先生が校歌を歌う機会が減った話をした。その一言が引っ掛かり、つづった一編である。掲載された日、後輩が「わが家のけさの話題は校歌でした。うちの息子も歌えないと言ってましたよ」と話していた。重要なニュースはもちろん大切だが、食卓の話題になるような題材を忘れてはいけない。読者は〈学舎同じき友輩〉でもあろう。

気骨のある政治家

（2021年9月16日）

1989年、リクルート事件で竹下登首相が退陣した。金権政治に対する不信が広がる中、後継には清貧の政治家として伊東正義氏（1913～94年）を推す声が高まった。「本の表紙だけ変えても、中身が変わらなければだめだ」。伊東氏は有名なせりふを残して断った◆固辞した理由は健康問題とされるが、政治評論家の国正武重さんは自民党内の危機意識の薄さにもあったと指摘する。伊東氏は事件の関係者全てが役職を辞すべきと主張したが、反応は鈍かった◆「総理の椅子を蹴飛ばした男」と呼ばれた。毀誉褒《きよほう》貶《へん》はあるだろうが、気骨を感じさせる政治家はそういない。国政を担う人が総理の椅子を目指すのは当然としても、自らの力を発揮できる立ち位置や果たすべき役割よりも優先させては失敗する◆きょうで就任1年となった菅義偉首相は、その選択を誤ったように思えてならない。伊東氏は「政治家には投手型と捕手型がある。おれは捕手型。総理の柄ではない」と漏らしていた。菅首相も同じ捕手型ではなかったのか。どちらが優れているというわけではなく、人には向き、不向きがある。いまさらではあるが…◆自民党総裁選はあす告示される。トップにふさわしい資質と覚悟を備えた投手型は誰か。次の首相になる人であり、その椅子に座った姿を想像しながら見ている。

政治家や政策に対しては批判するよりも、褒めるのが難しい。実際、国民の批判を受けることが多く、世論に乗っかって厳しい言葉をぶつけていれば何となく役目を果たしているような気分になる。逆に、政治家を褒める場合は「提灯《ちょうちん》記事」とのそしりを受けかねず、振り返ってみるとダメだしをしておけば落ち着く心理があったのは否めない。

そのダメだしにも、いろんな手法がある。高みに立って一刀両断に切り捨てるのは好みでない。批判を受ける政治家にも懸命にやった自負はあるだろう。そんなことを思うと、歯切れの悪い文章になってしまうが、歯切れがよすぎる方がよほど危ない。正しい、伝えたいという気持ちが強い時ほど抑制した筆致が大切で、批判の強弱よりもポイントを外さないように注意していた。

褒めるのは難しい政治家も、亡くなって年月が経てば取り上げやすくなる。伊東正義や伊東が支えた大平正芳元首相（１９１０〜80年）は評価できる政治家ではなかったかと思っている。戦後の政界をよく知っているわけではないが、好き嫌いや善しあしは別にしても重みを感じる「大物」がいた。国会中継などを見ていると、スケールが小さくなり、威厳を感じる政治家がいなくなったのは寂しくもある。

転ぶ老女

（2021年9月20日）

女優の十勝花子さん（1946～2016年）が「転ぶ老女」というエッセーを残している。野球が大好きで、よく通った神宮球場の近くで遭遇した出来事をつづっている◆いつものように球場へ出掛けた十勝さんは、転んで倒れ込んだ高齢の女性に出会った。優しく近くにいた人も集まって助け起こすと、女性は何度もお礼を言って立ち去った。言葉を掛ける人たちに「渡る世間は鬼ばかりじゃない」と感じたという◆その1週間後、十勝さんは同じ場所で、高齢女性が女子高生に助けられている場面に遭遇した。転んでいたのは、同じ女性だった。「なぜ同じ場所で。まさか…」。疑念を抱いた十勝さんは翌月、人が歩いてくるのに合わせて、女優でも感心するほど上手に転ぶ老女を目撃した◆わざと転んで、助けに集まった人たちの優しさに触れる。そうでもしなければ、心が保てない孤独の中で生きているのだろうか。何とも切なく、哀しい話である。十勝さんは老女の人生に思いをはせながら、「怒る気にはなりませんでした」と書いている◆「敬老の日」。明るい話題をと思いながら、転ぶ老女の姿が浮かんで消えない。いろんな苦労を重ね、長い人生を歩んできた人がわざと転ぶような社会にはしたくない。長寿を祝うだけでなく、高齢社会のありようを改めて考える日でもある。

文筆が本業ではないのに、味わい深い文章を書く人がいる。名脇役女優として活躍した沢村貞子さん（１９０８〜96年）はエッセイストとしても知られ、半生記『貝のうた』や『私の浅草』などを発表、１９７７年には日本エッセイスト・クラブ賞を受けている。「味噌汁」と題した作品は下町の朝の光景が浮かんでくる小気味のいい筆致が鮮やかで、有明抄でも引用させてもらった。演技もエッセーも表現する点は共通であり、豊かな感性が生きている。

十勝花子さんも達者な文章を書く女優だった。ずいぶん前に読んだ「転ぶ老女」は強く記憶に残っており、「敬老の日」に何を書こうかと考えていたときに思い出した。おめでたい祝いの日にはふさわしくないようにも思ったが、あまりに切ないエピソードを知ってほしかった。東京の話であり、地方はそれほどに寒々しくはないと思いつつも、人と人との希薄さが徐々に広がっているのは確かだろう。

認知症や老々介護、目減りする年金、独居暮らしの寂しさ…。人生１００年時代といわれるが、先々を考えると希望よりも不安が大きい社会である。子や孫に長寿を祝ってもらえる人ばかりではない。誰もが「長生きしてよかった」と思えるように、もう少しの社会のゆとりがほしい。

選ばれなくても困らぬ地方

（2021年10月12日）

1988年から89年にかけ、全国の自治体は1億円の使い道に知恵を絞った。ふるさと創生事業、正式には「自ら考え自ら行う地域づくり事業」で、学校教育が掲げる目標のような名称だった◆佐賀県内の自治体は基金を創設したり、宅地や温泉を開発したり、バルーンやホーバークラフトを購入したり。ばらまき行政と批判もあった事業だが、地域おこしの機運は高まった◆国会で「地方分権の推進に関する決議」が可決されたのは30年前の1993年。95年には分権推進法、99年には分権一括法が成立し、国と地方は上下・主従から対等・協力の関係に向けて改革が進んだ。この流れで平成の大合併もあり、県内は現在の20市町に再編された◆ふるさと創生、地方分権、地方創生—。言葉は違えど東京一極集中を脱し、ゆとりと豊かさを実感できる社会を目指したが、30年に及ぶ取り組みの成果はどうか。行政の基盤強化は進んだが、人口流出や都市部との格差に歯止めはかからず、うたい文句のようにはなっていないのが現状だろう◆地方の姿を考えるとき、思い浮かぶ一首。〈「選ばれる地方」「選ばれない地方」選ばれなくても困らぬ地方〉俵万智。ゆとりと豊かさを感じるなら、選ばれなくても困らない。統一地方選前半戦の県議選はきのう投開票された。牽引役は重責を担っている。

選挙は新聞社にとって一大行事である。特に市町村の首長選挙や議会選挙は大手のマスコミが詳しく報じないため、地元の報道機関が担う役割は大きい。誰が当選するかに関心は集まるが、選挙を機に地域の課題を探る企画なども展開する。記事を載せるにもきっかけが必要だが、選挙はどんなテーマも違和感なく取り上げやすいタイミングになる。

身近な課題を掘り下げ、候補者の考えを伝える。アンケートなども織り込んで選挙期間中はいろんな角度から大量の記事を掲載して関心を高めようと苦心する。そうした報道の成果はどうだったか。指標の一つは投票率だと思ってきたが、「過去最低を更新」という記事を読むたびに限界も感じていた。

少子高齢、人口減少が進む中、地方は厳しさを増している。テレビでは田舎暮らしの良さを伝える番組が流され、「移住」が脚光を浴びたりもする。だが、それは一部の現象でしかなく、都市部への流出は続いている。俵万智さんが歌った「選ばれなくても困らぬ地方」とは、どんな地方だろうか。開き直りや諦めではなく、本音で「困らないよ」と胸を張れる地方のありようとは―。もっともらしい言葉を並べながらも、明確な像は描けずに書いた一編。改めて読み返しても、やはりもっともらしいだけでもどかしさが残る。

達者で暮らせ

（2021年10月19日）

俳優の芦屋雁之助さんが歌った『娘よ』（1984年）は1年以上にわたって、オリコンチャートの100位内に入るロングヒットとなった。結婚する娘を送り出す父親。複雑な心模様がしんみりと歌われ、共感が広がった◆〈嫁に行く日が来なけりゃいいと／おとこ親なら誰でも思う〉。いつまでも一緒にいてほしい。でも、好きな人と結ばれ、楽しい人生を送ってほしいとも思う。父親の心は微妙に揺れるが、願いは一つ、娘の幸せである◆秋篠宮さまご夫妻はきのう赤坂御用地で、長女眞子さま（29）との結婚を控える小室圭さん（30）からあいさつを受けられた。親としてだけでなく、皇室の一人として、一般の身には分かり得ない心情があるだろうと察する◆本来ならば、結納にあたる「納采《のうさい》の儀」や天皇、皇后両陛下に感謝の言葉を伝える「朝見の儀」などの儀式があるが、すべて行われない。皇室を離れる際の一時金も辞退され、異例な形の結婚となる。小室家の金銭トラブルに伴う国民感情を熟慮されての苦渋の判断なのだろう◆〈贈る言葉はないけれど／風邪をひかずに達者で暮らせ〉〈笑い話ですませるけれど／口じゃ云えない苦労もあった〉。『娘よ』にはそんな歌詞もある。いつの世も、親子の情愛に変わりはない。身内だけでの会話は祝福の言葉で満ちていればと思う。

英国の首相を務めたウィストン・チャーチルはウイットに富んだ名言を多く残している。スピーチで、妻との結婚生活を振り返った。〈私の最も輝かしい業績は、金髪の美しい女性を説得して結婚に同意させたことである。妻の最大の失敗は、その時、微笑んで「イエス」と即答したことである〉。

著名人の結婚話は週刊誌やワイドショーで取り上げられて世間の話題になる。英国王室ほどではないにしろ、秋篠宮家の長女眞子さんの結婚をめぐる報道も過剰に思えるほど流された。若い二人の恋愛。「そっとしておけば」と思いつつ、同じ父親の立場から「心痛されているのでないか」とおせっかいな心配もする。一般家庭の親なら娘の幸せだけを考えればいいが、皇室となると国民感情に配慮しなければならない。実際にはどうだったかは知る由もないが、家族だけでの時間は世間の目など関係なく、祝福に満ちていたのではないかと想像する。

その後の状況は知らないが、週刊誌やワイドショーで騒がれないのは達者で暮らしているということだろう。眞子さんの「イエス」が最大の成功になればと願う。

「なんじゃコレ」

（2021年11月8日）

俳優の中村嘉葎雄さんは陶芸に興味を持ち、勝手に押しかけて弟子入りした。2年がたち、個展を開くように勧められた。まだ早いと思ったが、先生から「褒められてもけなされても勉強だから、恥をかくのもいい」と背中を押された◆百貨店で開いた初めての個展。その会場に著名な陶芸家が訪れた。器を手に取って触ったり、ひっくり返して眺めたり。そして、ひと言。「なんじゃコレ」。どれほどの腕前だったかは分からないが、当時は土に触れてまだ2年。中村さんは「面白かったなあ。その通りだと思いました」とエッセーで回想している◆紙面を繰ると、スポーツや文化活動など、子どもたちが好きなことに打ち込む姿が毎日のように載っている。大人も俳句や短歌、絵画や囲碁・将棋など、いろんな趣味を楽しんでいる。それはとても大切な時間だろう◆打ち込める何かがあれば、張り合いができる。少しくらい嫌なことがあっても乗り切る力をくれる。「下手の横好き」という言葉もあるが、好きと上手が重なる必要はない◆続けていれば、自分の中で「ちょっと上達したな」と手応えを感じる時がある。他人には分かってもらえなくても、それが励みになる。文化・芸術の秋。中村さんは「僕の器は、これからもずっと〝なんじゃコレ〟でいいと思っています」と結んでいた。

諦めずに頑張れば、夢は必ずかなう──。そう信じたいのはやまやまだが、年を重ねると現実の厳しさも知っている。一生懸命に打ち込んでも、誰もが一流になれるわけではない。野球にサッカー、釣りにギター。振り返ってみると、一流どころか、いっこうに上達せず、入り口付近で才のなさを嘆いて引き返した世界はいくつもある。

『週刊新潮』に30年以上にわたってエッセーを連載した山口瞳さん（1926〜95年）が書き留めている。〈私にとって「勉強すれば偉くなる」とか「勉強すれば上達する」ということよりも「いくら勉強しても上手にならない人もいる」ということのほうが、遥かに勇気をあたえてくれる〉。上手にならなかった経験を積み重ねた身としては全面的に同意し、慰められる。

数多くの映画やテレビドラマで活躍した中村嘉葎雄さんはいろんな才能を感じさせる名優だが、打ち込んだところでそう簡単に奥深い陶芸の世界を究められるわけではない。「なんじゃコレ」と言われてもいいじゃないか。好きなことを好きに楽しめるなら、上手も下手もさして重要ではない。山口さんの一文に勇気をもらい、中村さんの「なんじゃコレ」に継続の背中を押してもらったような気がする。

お恥ずかしい限り

（２０２１年11月13日）

今秋の叙勲で旭日小綬章を受けた俳優の橋爪功さん（80）の喜びのコメントが印象に残った。「いやはや、なんともはや、恐縮の極みです。妙にお恥ずかしい限りです」。映画やテレビで見せる演技と同じように味があった◆橋爪さんは芥川比呂志さんらと「演劇集団円」を創設。「いや、お恥ずかしい」は共に活動した大先輩の名優中村伸郎さんの口癖で、知らせを受けてなぜか突然、思い出したという。晴れの受章に、心酔した先輩への敬意と感謝が湧いたのだろう◆恥ずかしい―。最近、この感覚が薄れてきたような気がする。社会の常識と思われる事柄を知らなかった時、ためらいもなく「知らない」と答える人がいる。仕事をする上で基本的な技術なのに、平気な顔で「できない」と言う人がいる◆誰だって知らないこと、できないことがあるのは当然である。それを責める気持ちは毛頭ないが、平然と当たり前のように言える神経はどうなのだろう。そんな場面を見るたびに、恥ずかしいという感覚を持つことは大切に思える◆中村さんや橋爪さんの「お恥ずかしい」には謙虚さとともに、「さらに精進します」という言葉が隠れているようだ。肝に銘じて自分の心に耳を当てなければと考えながら書き進めるうち、まとまらないまま字数が尽きた。いやはや、お恥ずかしい限り…。

映画『男はつらいよ　噂の寅次郎』（1978年）に、墓参りのシーンがある。手桶と柄杓《ひしゃく》を持って出かけた団子屋のおじ夫婦と妹のさくらが住職の御前《ごぜん》さまと立ち話をする。「お墓参りで。ご苦労さま」。御前さまから声をかけられ、おじが応える。「仏ほっとけで、春のお彼岸なんか失礼しちゃったもんで」。小気味のいいセリフ回しが耳に心地よく、下町らしい会話に気持ちが和む。

話している内容よりも、語り口にひかれるときがある。俳優の橋爪功さんの喜びのコメントも意味の深い言葉を述べているわけではない。それなのに、ニュースを見ていると橋爪さんが醸す雰囲気や間の良さに引き込まれ、「お恥ずかしい限りです」とまねてみたくなった。さすが、旭日小綬章の名優である。

最後の段落に書いた「自分の心に耳を当てなければ…」の一文は、耳に心で「恥」となる漢字にかけた。読んだ人は気づいてくれるだろうか。「　」を付ければ気づく人もいるだろうが、それではあまりにあざとくはないか。自分だけのつまらぬこだわりに、長い時間をかけて迷った記憶がある。担当デスクに「気づいた？」と尋ねると、「そんなの、誰も気づきませんよ」と一笑に付された。いやはや、お恥ずかしい限り…。

言葉は身の文

（2021年11月16日）

〈言葉は身の文〉。言葉には、人柄や品性が表れるという意味のことわざである。「あや」は模様、外見の飾りで、それが人の中身まで映し出す。豊かな語彙力で話す人は一目置かれ、逆に貧しい言葉遣いしかできないようでは見透かされる◆将棋の藤井聡太三冠＝王位・叡王・棋聖＝（19）がプロ棋士となって20連勝した際のインタビューを覚えている。感想を求められ、当時14歳の少年は「自分の実力からすれば、僥倖《ぎょうこう》としかいいようがないです」と答えた◆僥倖は〈思いがけない幸せ。偶然の幸運〉。連勝記録にはしゃぐどころか、対局者への気遣いも忘れず、僥倖という言葉で「勝てたのはたまたまです」と謙虚に喜びを表した。まだ中学生なのに、ただ者ではないと強く感じた◆その後もひたむきに将棋と向き合い、力を伸ばした藤井三冠が豊島将之竜王（31）に4連勝して竜王戦を制した。次々と記録を塗り替え、19歳3カ月、史上最年少での四冠獲得である。10代なのに、盤上を見据えるたたずまいには風格が漂う◆常々、「記録は気にしていない」と語っていた藤井四冠。今回も「これまでと変わらず、強くなることを目標に据えて取り組んでいきたい」と隙がない。もはや「偶然の幸運」であるはずもないが、それでも僥倖だと謙虚に受け止め、さらに高みを目指すのだろう。

評論家の谷沢永一さん（1929〜2011年）が著書『人間通』に書いている。〈ひとくちに物を考えるとはいっても結局のところは言葉を練る作業なのだから、考える道筋を拡げて弾力的になるためには、思案するのに唯一の媒体である語彙《ごい》を豊かにするしかない〉。確かに、話すも聞くも言葉を使い、考えている時も頭の中では言葉が巡っている。

豊かな語彙力があれば表現の幅は広がるが、なかなか使える語彙は増えていかない。「聞いたことはある」「何となく意味は知っている」という言葉も使うとなると、もう一段、階段を上がらなければならない。新聞やテレビ、本や雑誌に触れていると、これまで使ったことがない言葉が出てくる。藤井聡太さんの「僥倖」もそんな一つで、辞書で調べて正確な意味を知った。なんでもかんでも「ヤバい」で片づける人とは言葉を練る作業の時間に相当な開きがあるだろう。

ある会社の社員研修で講話を頼まれた際、藤井さんが発した「僥倖」を紹介した。後日、その会社の幹部に会うと、「社内で僥倖がはやってます。契約を取った社員をねぎらうと、『僥倖です』と返ってきます」と笑っていた。新しい言葉を知り、それが使えるようになれば「身の文」は深い模様になっていく。

3人のレンガ職人

（2021年11月23日）

「3人のレンガ職人」という寓話がある。旅人がレンガ積みをしている3人に出会い、それぞれが仕事に対する思いを語る。仕事とは、働くとはどういうことなのか、考えさせる話である◆1人目の職人は「朝から晩までレンガ積み。気楽にやってる奴がいっぱいいるというのに」と愚痴をこぼした。2人目は「この仕事のおかげで家族を養っていける。大変だなんていったら罰が当たる」と感謝を口にした◆3人目の職人はいきいきと働いていた。「歴史に残る偉大な大聖堂を造っている」。ここで多くの人が祝福を受け、悲しみを払う。素晴らしいだろう」。同じレンガ積みの仕事だが、向き合う姿勢は三者三様である◆最後の職人のように誇りや喜びを感じたいと思うが、現実はそう簡単ではない。さまざまな職人の話を聞いてきた作家の塩野米松さんは機械による効率化が進み、「働くことの意味が変わった」と書いている。技術を身につける修業は隠された能力を見つけ出す過程だったが、それがなくなって喜びが薄っぺらになったと指摘する◆技術革新は社会が求めた進歩であり、いまさら後戻りはできない。今後は人工知能（AI）も広がり、仕事のあり方はさらに変わるだろう。仕事にどう向き合い、働く喜びを見いだすか。それぞれに考えなければと思う「勤労感謝の日」である。

どう働くかは、どう生きるかと重なる。この寓話はロサンゼルス五輪（1984年）の体操個人総合で金メダルに輝いた具志堅幸司さんが講演で紹介した。競技や仕事との向き合い方を考える上で、示唆に富んだ話だった。

転職は、特別なことではなくなった。終身雇用の時代ではなく、これからは定年まで一つの会社に勤める人はまれな存在になるのかもしれない。テレビを付ければ転職サイトのCMが頻繁に流れ、奨励されているようにさえ感じる。働く人の意識も変化しており、労働市場の流動化は進む。働き方、働く意味はそれぞれであっていいが、しっかりと考え、仕事の喜びを感じたいものである。塩野米松さんが指摘するように、喜びが薄っぺらになってしまっては生きがいも薄れる。

このコラムを書いた時点では、生成AI「チャットGPT」は登場していなかった。「AIに仕事を奪われる」と言われても実感は乏しかったが、文章も映像も生成AIが作る社会が現実になっている。展開のスピードは驚くばかりで、1年先、2年先はどうなっているか想像がつかない。快適、便利は歓迎すべきだろうが、上手に使わなければ仕事の喜びまでも奪われかねない。喜びをどう見いだすか。技術の進歩は新たな課題も突き付ける。

時間の区切り

（２０２１年12月６日）

心理学者でエッセイストの岸田秀さんは、欧米人と日本人では時間や歳月に対する考え方が違うと指摘する。欧米人は、過去から未来へと一貫して流れる１本の線として捉える。一方、日本人は区切ることができる、新たにできると考える◆この違いから、日本には忘年会があるという。欧米人は忘年会をして酒を飲んだり、騒いだりはしないが、日本人は大きな区切りとして忘年会をする。月日の流れに区切りをつけ、気分も新たにする師走の風物詩である◆職場や取引先、親しい仲間と、従来なら忘年会が続く時季だが、どんな具合だろうか。昨冬は新型コロナの感染が広がり、大人数での宴会はほとんど中止。数人でも周囲の目が気になる状況で、当時の菅義偉首相が15人ほどの宴会に参加して厳しい批判を受けた◆今は感染が落ち着いている。忘年会も開ける状況になっているようだが、周囲を見回しても「さあ、宴会だ」という盛り上がりは感じない。新たな変異株「オミクロン株」や第６波への警戒だろうか、大人数での宴会は控えているようだ◆１年を過ごせば、スパッと忘れて切り替えたいことはある。岸田さんによると、欧米には「年を改める」という表現はないそうだが、こぢんまりとでも日本人らしく区切りをつけて年を改めたいところ。もちろん、感染対策は忘れずに。

定年を迎えても再雇用で勤め続ける人は多い。新聞社を退職した際、理由を尋ねられると「潮時だと思いまして」と答えていたが、正しく伝わっただろうか。誤った使い方が浸透する言葉は多く、潮時もその一つである。本来は「何かを始めたり終わらせたりするのにちょうどいい時期」を意味するが、「引き際」と捉えている人は多い。引き際には後ろ向きのイメージがあり、変化に順応できなかった中年男が寂しく去っていくように受け取られたのではないかと心配になった。

潮時を考え、一つの区切りをつける。気持ちを新たにして、次の一歩を踏み出す。時間は過去から未来へ一本の線でつながっているのは確かだが、そこに区切りをつけて過ごす方が充実した時間になりそうな気がする。自分で潮時を決めれば、リセットして前向きに進めるのではないか。

一生のうちに何度か訪れる太くて濃いコンマ、日常の中で打つ小さなコンマ。潮時と思うちょうどいい時期に区切りをつけ、一度だけのピリオドまで生きていく。ピリオドはいつになるかは分からないが、コンマは自らの意思で付けられる。忘年会や新年会、憂さ晴らしの懇親会だって、そんなコンマの一つになる。

逆縁の悲しさ

（2021年12月9日）

ひと月前に亡くなった作家で僧侶の瀬戸内寂聴さんは、美空ひばりさんのファンだった。「ひばりさんが出ていますよ」。秘書が声を掛けると、奥の書斎からテレビのある茶の間まで駆け足で見にいった◆ひばりさんが平成元（1989）年6月に亡くなり、寂聴さんには新聞社などから次々と電話があった。「昭和天皇の死の次にひばりさんの死を重ねて、いよいよこれで昭和は終わったんだという実感です」と話しながら、言葉をかみしめたという◆ひばりさんら親しかった人たちへの思いをつづった寂聴さんの『大切なひとへ』を読み返した。その中に〈自分より若い者、幼い者に先だたれることを逆縁といって、死別の最も辛《つら》いものに数えている〉とある。ひばりさんは寂聴さんより15歳も年下だった。99年の生涯では、いくつもの逆縁に耐えたのだろう◆きのうは旧日本軍によるハワイ・真珠湾攻撃から80年の日だった。日本は戦争に突き進み、多くの犠牲者を出して逆縁を生んだ。日本でも相手国でも若い人たちが先立ち、最も辛い死別に耐えなければならなかった◆寂聴さんは〈生まれた瞬間、人はさけ難い「死」の日に向かって歩みだす。その道の長さを、人は誰も教えられてはいない〉と述べている。確かにそうであれ、戦争は道の長さを縮めてしまう。それは、避けられる。

朝、佐賀新聞を開いて「おくやみ欄」に目を通す。知っている人の名前はないだろうかと確かめる。そのあとに、自分だけの妙な線引きだが、後期高齢者となる75歳をラインにして、年齢を見ていく。人の死に際して不謹慎のようでもあるが、掲載された人すべてが75歳を超えていると胸のざわつきはない。でも、そんな日は少なく、早すぎる死を迎えた人の名前が載っている。

知らない人たちではあるが、病気だったのだろうか、事故だったろうか、まだこれからなのに…。早世した人の悲しみや無念さに思いを巡らせ、「この年齢だったら、親よりも先に亡くなったかもしれない」などと想像する。瀬戸内寂聴さんの著書で知った「逆縁」ほど、つらく、耐え難いものはないだろう。

それまで寂聴さんの著書は読んだことがなく、訃報を聞いていくつかの本を図書館で借りた。結局、タイミングを逸して追悼のコラムは書かずじまいになっていたが、太平洋戦争の開戦日に取り上げた。日本が長い戦争に突入した、忘れてはならない日。この戦争で多くの人が最もつらい死別となる逆縁の境遇に置かれた。世界に目を向ければ、今も戦争や貧困などによって子どもや若者が命を失い、残された人は逆縁のつらさを味わっている。

サンタさんは誰？

（2021年12月21日）

週末の大型ショッピングセンターは、クリスマスを前に華やいでいた。子どもは成人し、ずいぶん前にサンタの役目は卒業。だんだんと世間の動きから離れてしまう危うさを埋めようと、店内を歩いた◆にぎわっていたのは玩具売り場。クリスマスが近づくと、それとなく欲しい物を聞き出していたのが懐かしい。おもちゃも時代に応じて変化しており、親の感覚で選ぶと、せっかくのプレゼントが台無しになる◆売り場の入り口には「クリスマスまで○日」とカウントダウンの掲示。ゲームソフトや人気のキャラクターは知らない物ばかりだが、レゴブロックやトミカのミニカーなど、なじみのある商品も並んでいる◆子どもの頃に遊んだ「人生ゲーム」はボードの記述をよく見ると、「迷惑メールでウイルス感染」「新エネルギーを発見」「オーガニックレストランをプロデュース」など社会を映した内容があって面白い。新型コロナの影響で、こうした家族で楽しむ「昭和玩具」の人気が高まっているという話も聞く◆巣ごもり需要を掘り起こそうと、誰かが作った筋書きのようにも感じるが、家族だんらんにつながるのならそれもいい。散歩がてらに広い店内をひと回り。雰囲気だけを味わって、わが家のクリスマスはサイレントナイト。サンタさん、プレゼントの準備は済みましたか。

新聞コラムの難しさは読者層を絞りにくいところにある。雑誌なら子ども向け、若者向け、高齢者向けとターゲットを絞って編集できる。年齢層に限らず、ファッションやスポーツなど分野も限定でき、その愛好者が手に取る。それが新聞となると、読者の年齢層も興味・関心も幅広く、社会の動きのすべてが編集の対象になる。

コラムの題材も同様で、クリスマス前にプレゼントの思い出を書いた。自分の家庭の話に触れると身辺雑記のような印象を持たれかねないため、できるだけ書かないようにしてきたが、多くの人が共有しているような思い出なら許されるのではないか。わが家では「プレゼントは何が欲しいかメモに書きなさい。サンタさんに渡しておくから」と言って、希望のプレゼントを探っていた。

そんなことを思い出しながら書いたコラムだったが、掲載された日に読者から厳しい苦情のメールが届いた。「うちの子がきょうの有明抄を読んで、サンタさんはお父さん、お母さんなの?と疑っています。どうしてくれるのですか。がっかりです」。読者の中には、サンタさんの存在を信じている小さな子もいる。細心の注意を払わなければと、新聞コラムの難しさを痛感した苦い思い出の一編である。

お年玉はどこへ

（2022年1月4日）

正月三が日は穏やかな天候に恵まれ、初詣や初売りもにぎわったようだ。何かと出費がかさみ、大人の懐は寒くなるが、子どもたちのお年玉はどんな具合だったろうか◆昨年の正月は新型コロナの感染拡大で、帰省や親戚の集まりを自粛する動きが広がっていた。佐賀新聞のアンケートでは4割が「減った」と回答。親戚に会えなかったという理由が多く、お年玉もコロナ禍に見舞われた◆今年はオミクロン株が徐々に広がっているが、県内は落ち着いている。財布のひもが緩みがちな優しいおじいちゃん、おばあちゃんに会えたという子も多いだろう。「昨年、減った分まで」と願っていたかもしれないが、大人には教育的な配慮があって、そうはいかない◆エッセイストの内田也哉子さんがラジオ番組で高校時代の思い出を語っている。内田さんの母は女優の樹木希林さん。希林さんの知人が「也哉子、お年玉をあげるよ」と3万円をくれたが、希林さんに「すぐ返してきなさい」と叱られた。後日、その知人にも「お年玉なんだから、お札でくれてやるな」と怒っていたという◆当時、時給700円のアルバイトをしていた也哉子さんは「お金の価値観を知った冬でした」と話している。喜ぶ顔が見たいのはやまやまだが、そこは教育の一環である。現実的な大人の懐事情は別の話として…。

佐賀新聞の「きょうの言葉」に、作家の山崎豊子さん（1924〜2013年）の忠告が載っていた。「小遣帳に恥ずかしくて書けないようなお金の使い方はするな」。丹念な調査と取材を重ね、『大地の子』『不毛地帯』『沈まぬ太陽』など骨太の作品を数多く残した山崎さんが言いそうな箴言である。作品にも生き方にも、一本の太い筋が通っている。

お金は、稼ぐのも使うのも難しい厄介なものである。縛られすぎては窮屈で、無頓着では暮らしに困る。程よい距離感で付き合いたいところだが、それができずに犯罪に手を染める人もいれば、ぞんざいな使い方を繰り返して破綻する人もいる。大リーグ大谷翔平選手の通訳がギャンブル依存で失敗したニュースなどを目にすると、山崎さんの戒めを思い出す。

お年玉は子どもにとって年に一度のボーナス。日々の小遣いとは一けた違うお金をもらい、心が躍った。でも、何に使ったかは全く記憶にない。もちろん、悪いことには使っていないが、小遣帳には恥ずかしくて書けないような無駄遣いはしただろう。女優の樹木希林さんは娘の内田也哉子さんに「返してきなさい」と言っただけでなく、あげた知人にも「お札でくれてやるな」と怒った。いかにも希林さんらしいが、それを覚えている内田さんにも感心する。人並みの欲はあっていいが、その価値観は正しく、真っすぐでありたい。

安心して生きる

（2022年1月6日）

新年のあいさつを交わしていると、多くの人が新型コロナ収束への期待を口にした。昨日は佐賀県内でオミクロン株の疑いを含む15人の新規感染を確認。第6波の兆しなのか。不安が払拭されない中、誰もが願っているのは安心して過ごせる「普通の日常」だろう◆そんなことを感じながら、宮本輝さんの小説『草原の椅子』を読み返していると、主人公が「安心して生きる」ということについて親友に語る場面があった◆〈安心しているということは、能天気に油断しているというのとはまったく違う。物事にかしこく対処し、注意をはらい、生きることに努力しながら、しかも根底では安心している…。そういう人間であろうと絶えず己に言い聞かせることだ〉◆安全と安心は切り離せないが、安全は科学やシステムなどの問題なのに対し、安心は心の問題である。不安におびえて生きるのも、安心して生きるのも気持ちのありようにかかっている。そのために、しなやかで強い心を持つ修養が必要なのかもしれない◆なにげない日常にも、強気と弱気が入り交じってくる。少しでも弱気を阻み、安心して過ごしたい。今年もいろんなことがあるだろうが、右往左往せず、冷静に対処しようと、自らに安心するための修養を課してみる。その積み重ねが穏やかな普通の日常につながると信じて。

宮本輝さんは学生時代から好きな作家である。読んでいると、胸に響く言葉に出会い、「そうありたい」と思ってメモしてきた。言葉通りの生き方はできそうにないが、一つの道しるべになっている。

『草原の椅子』は佐藤浩市さん、西村まさ彦さん、吉瀬美智子さんらが出演して映画にもなった作品である。この本のあとがきに、宮本さんは「おとなとは何であろう、と考えていた」と書いている。そして「おとな」をこう定義した。〈幾多の経験を積み、人を許すことができ、言ってはならないことは決して口にせず、人間の振る舞いを知悉《ちしつ》していて、品性とユーモアと忍耐力を持つ偉大な楽天家である〉。到底、届かない「おとな」の姿に、わが身が情けなくなる。

社会全体が新型コロナウイルスに怯えていた頃、寛容さを失った品性のない言動が見受けられた。不安に覆われ、それまで当たり前だった日常の安心が大きく揺らいだ。そんな頃に書いた一編だが、コロナ禍を抜けても仕事や家族、老後の問題など不安の種は尽きない。油断せず、かしこく対処し、生きることに努力しながら、根底では安心している。宮本さんの言葉を忘れず、そうあろうと言い聞かせている。

空き家問題

（2022年1月24日）

進学、就職、結婚―。振り返れば節目といえるいくつもの出来事があるが、感慨深かったのは自宅を建てたとき。家を構えた喜びとともに、背負ったローンの重さがそう感じさせたのかもしれない◆さして立派な家ではないが、家族で過ごしてきた。柱には傷をつけないようにと、マジックペンで引いた「背比べ」の線の跡がある。2階には狭いながらも、子ども2人の部屋。就職して家を出た現在は空いたままで、今後も戻って住むことはないだろう◆行政代執行による空き家の撤去作業が始まったという先日の記事を読み返している。倒壊などの危険性があるため、所有者に対応を求めてきたが、改善されなかった。佐賀県内での代執行は3例目。撤去費用の見積もり額は572万円で、確定後に所有者に請求される◆核家族化が進み、子は独立して新しい家を建てる。親が元気なうちはいいが、いずれは誰も住まない実家が残る。子や孫の代へと繰り返され、空き家は増え続ける。県内の空き家は約5万戸（2018年調査）で、30年前のほぼ4倍。倒壊の危険、景観や治安を損なう恐れもあり、管理されなくなれば近隣に迷惑を掛けてしまう◆「終活」が注目されるようになって久しいが、家の行く末も考えていかなければ。思い出の詰まった家が地域や後の世代のお荷物とならないように。

俳人の夏井いつきさんが芸能人の作品を添削するテレビ番組の中で、女優の犬山紙子さんが詠んだ。〈生家のこでまり　甘やかな退屈〉。生まれ育った家はのんびりできるが、退屈な場所でもある。大型連休や盆、正月、日本中の人が大混雑にもめげずに帰省するのは生家でしか味わえない「甘やかな退屈」があるからなのかもしれない。

自宅の周辺では、いつの間にか田んぼや畑が宅地に造成されている。しばらくすると、分譲が始まり、一軒、また一軒と新しい家が建つ。人口減少に歯止めがかからないと嘆いている一方で、家はどんどん増えていく。誰も住まなくなった空き家が増えるのは当然の流れである。全国の住宅総数に占める空き家は7戸に1戸の割合（2023年10月1日時点）となっており、どこかちぐはぐなようにも感じる。

生まれた家にずっと住めればいいが、家族の状況や働いている場所、建て替えのタイミングなど複雑な要素が絡み、そううまくはいかない。都市部の不動産のように資産価値があれば放置せずに済むだろうが、地価は安くて売れもせず、後始末に悩む人は身近にもいる。そうこうするうちに、自分の建てた家が子の世代に迷惑をかけるときがくる。甘やかさのない、現実的な問題である。

小さな旅

（２０２２年２月10日）

〈仕事が忙しい時ほど旅行に行きたくなる〉。脚本家向田邦子さん（１９２９～81年）のエッセー「小さな旅」はそんな書き出しで始まるが、動けない、動きにくい時ほど出掛けたくなる心情はよく分かる◆向田さんは原稿が遅れ、にっちもさっちもいかない状況なのに、友人から「野草を食べにこないか」と誘われて鎌倉へ向かった。電車で片道１時間半の小さな旅である◆不要不急の外出を控えなければならない時ほど旅行に行きたくなる―。そんな気分になってしまうが、「まん延防止等重点措置」が広範囲に適用されている中ではそうもいかない。あすから3連休。１時間半もあれば福岡、長崎、熊本、大分と各方面へ行けるが、どこも重点措置が適用されている◆ずいぶん長い間、県外に出ていない。新型コロナの感染が広がる前は年に数回の出張もあったが、ずっと控えてきた。会議に出るのが目的で、当然ながら観光をするわけではない。さして楽しくはなかったのに、これだけ遠ざかると行きたくなるから不思議である◆向田さんは自宅の留守番電話の応答テープに「近所までお使い」と録音して出掛けた。遠方までは望まないが、せめて近所までの小さな旅が気ままにできるようになればいい。人間も動物、やはり動かずにはいられない生き物だと感じる長いコロナ下である。

10代で作家となった綿矢りささんは、頭の中で作り出した主人公が勝手にしゃべり始め、その人の話を耳元で聞いているような感覚で作品を書き出すという。芥川賞を受けた『蹴りたい背中』の書き出しは〈さびしさは鳴る。耳が痛くなるほど高く澄んだ鈴の音《ね》で鳴り響いて、胸を締めつけるから、せめて周りには聞こえないように、私はプリントを指で千切《ちぎ》る。細長く、細長く〉。若い主人公の鋭い感性が迫ってきて、一気に作品の世界へ引き込まれる。ラジオ番組で、綿矢さんは「一番、伝えたいみたいことを1行目で言ってきたりするから、それを書いている感じ」と語っている。

書き出しから読者をぐっと引き寄せる。向田邦子さんはその妙手として名前が挙がる代表格だろう。新型コロナウイルスによる行動規制でストレスが充満しているような社会の空気を感じ、向田さんのエッセーの書き出しを引用させてもらった。

自力で思いつくほどの才には恵まれず、引用という許された手法はとても重宝する。他人のふんどしで相撲を取るようなものではあるが、せめて、借りたふんどしはきちんと締めようと苦心する。それくらいの礼儀は身に着けておきたいと思っていたが、ふんどしはだらりと緩んで慌ててばかりの日々だった。

深みのある玄

（2022年2月21日）

北京冬季五輪が閉幕した。日本はカーリング女子が銀メダルで締めくくり、冬季五輪としては過去最多となる18個のメダルを獲得する大健闘を見せた◆カーリングは頭脳戦。きのうの決勝も見応えがあったが、何といっても日本チームの明るさが印象深い。厳しい状況でも笑顔を絶やさず、一人一人が率直に意見を出し、成功すれば喜び合い、失敗しても責めずに次へ向かう。社会や組織の理想的なあり方を見ているようでもあった◆一方で、大会を振り返ると、勝者にはなれなくても決して「敗者」ではない、そんな思いを強くした。規定違反で失格となった高梨沙羅選手は「申し訳ありません」と何度も謝った。注目された羽生結弦選手は3連覇を逃し、前人未到の4回転半ジャンプも失敗した。期待に応える結果は残せなかったが、多くの励ましと称賛が寄せられた◆能楽師の武田宗典さんが「玄人」について語っている。「くろうとと読むように、色が重なると黒く見える。玄はいろいろなものが重なった状態を指し、その奥深さを表している」という◆五輪の舞台に立った選手は誰もが玄人の域にあり、いくつもの色を重ねた奥深さで魅了してくれた。勝った喜びも、敗れた悔しさも競技生活の色となって深みを増すのだろう。閉塞感が漂うコロナ下、元気をくれたアスリートに感謝。

色と季節を組み合わせ、人の一生を表す言葉がある。古く中国から伝わったという。みずみずしく、さわやかな「青春」、働き盛りの燃えるような「朱夏」、第一線を退いてすがすがしい境地に達する「白秋」、そして人生の晩年は「玄冬」である。いろいろな経験を積み、深みを帯びる時期。単なる黒ではなく、さまざまな色を塗り重ねた玄である。作家の五木寛之さんは四つの期を絵画に例え、「クレヨン画」「油絵」「水彩画」「水墨画」と表現していた。

玄人には、武田宗典さんが指摘するように奥深さがある。恵まれた才能に厳しい練習を課して世界レベルの力をつけた五輪選手は玄人の域にある。年齢は青春や朱夏の時期であっても、濃密な時間を過ごして玄を纏っているように映る。

北京五輪の閉幕に際して、大会を振り返った。感動のメダルがいくつもあったが、なぜか悔しい思いをしたであろう選手に気持ちが向く。華々しい活躍よりも、精いっぱいに力を尽くしながらも結果を残せなかった選手たちが頭に浮かんだ。勝手な思い込みかもしれないが、喜びは瞬時に過ぎていくが、悔しさはじわじわと湧いてきて、いつまでも心に残る感覚がある。素直に勝利の瞬間を楽しみ、みんなと喜びを共有すればいいものを、悔しさに興味をひかれる性分が恨めしくもある。

うかつ謝り

（2022年2月24日）

新型コロナの感染対策が長期にわたり、いろんな変化が生まれた。日常の買い物ではセルフレジがスーパーだけでなく、コンビニなどにも広がっている。時間短縮や客と店員の接触を減らす効果があるのだろう◆操作に戸惑う人も見かけはするが、慣れてしまえば便利。何より、相手が機械だと気を遣わずに済む。数百円の買い物をして、1万円札を出すのは申しわけない。その逆に、ジャラジャラと小銭ばかりで払うのも気が引ける。相手が機械だと、気にする必要はない◆1万円札しか持ち合わせがなかった時、「すみません、大きいのしかなくて…」と言葉を添えて手渡す。こうした行為は「うかつ謝り」というそうだ。評論家の村尾清一さんのエッセーに教わった。人混みの中で足を踏まれた時などに、踏んだ人は当然ながら、踏まれた人も「いや、こちらもうっかりして」と謝る◆狭い道ですれ違う際、ぶつからないようにこころもち体を斜めにする「肩引き」、傘を外に傾ける「傘かしげ」、座れるように少し詰める「腰浮かせ」。うかつ謝りも、こうした「江戸しぐさ」といわれる心遣いの一つという◆セルフレジに気を遣っても仕方ないが、その精神は片隅に留めておきたい。江戸しぐさは穏やかに、気持ちよく過ごすための知恵。便利さや効率と引き換えにして忘れたくはない。

近所のスーパーやコンビニなどでも増えてきたセルフレジ。「店員さんは目の前にいるのに…」と思わないでもないが、効率化は社会の流れである。最初は戸惑ったが、今ではすっかり慣れている。

そんな中で、テレビの情報番組で「ゆっくりレジ」の導入が話題になっていた。スーパーには複数のレジがあるが、そのうちの一つを「ゆっくりレジ」と表示している。急がない人、小さな子どもを連れた人、支払いに時間がかかる高齢者などが利用する。当然、セルフではなく、店員さんが「ゆっくりどうぞ」と声をかけたり、世間話を交えたりして対応。評判は上々で、ほかのレジも流れがスムーズになって全体の効率はよくなったという。

ゆっくりレジなら、ジャラジャラと小銭を出して数えても、後ろで待っている客を気にする必要がなさそうだ。お互いさまだから、文句は出ないし、その列には気持ちのゆとりがある。「江戸しぐさ」の心遣いが生きている仕組みに思えて、設置した店側の発想に感心した。

効率重視が加速する中で、置いてきぼりにされそうな焦りがあるのは否めない。うかつ謝りに、肩引き、傘かしげ、腰浮かせ…。ゆとりを失わず、思いやりのある社会であってほしいという願いがだんだんと強くなっている。

得意技は「開き直り」

（2022年3月8日）

ロサンゼルス五輪の金メダリストで国民栄誉賞も受けた柔道の山下泰裕さん。「日本柔道界最強の男」と称された実力者で、現在は日本オリンピック委員会（JOC）の会長を務めるなど、スポーツの発展に尽力している◆現役時代は相手の体勢を崩して多彩な投げ技、寝技を繰り出して一本を取るスタイル。大事な場面では得意の「大外刈り」で勝負に出ることが多かったが、引退後、講演した際に「得意技は開き直り」と話して笑いを誘った◆大舞台を経験した山下さんだからこその意味深いユーモアだが、うまく開き直れるなら立派な得意技である。精いっぱいの努力を続け、本番に臨む。直前になって、じたばたしても仕方がない。あとは開き直って緊張をほぐし、持てる力を出し切りたいところである◆きょうから県立高校入試の一般選抜が始まる。新型コロナの感染対策で勉学も学校行事も少なからず影響を受け、緊張を強いられてきた受験生たちである。厳しい環境の中で頑張ってきただけに、余計にエールを送りたくなる◆山下さんは講演の中で、好きな言葉を紹介している。「一人では何もできない。しかし、その一人が動かなかったら何もできない」。そんな次代を担う一人になってほしい。受験も成長の糧となる経験の一つ。開き直りを得意技に、蓄えた力を出し切って。

山下泰裕さんがオリンピックに出場したのは1984年のロサンゼルス五輪の1度だけである。意外に感じて調べてみると、4年前の五輪は試合に出られず、観客席にいた。ソ連のアフガニスタン侵攻に抗議して、日本をはじめ各国がボイコットしたモスクワ大会である。日本代表に選ばれていた山下さんはボイコット決定を受けて、「コップ酒を何杯もあおっても、とてもやり切れる気持ちではなかった。枕に顔を押し付け、とめどもなく流れる涙を堪えるほかなかった」と回想している。

モスクワ五輪に選ばれていた柔道の〝幻の代表〟のうち、4年後に再び出場の機会をつかんだのは山下さんだけだった。舞台に立つはずだったモスクワで無念を断ち切り、次に向かって開き直れたのかもしれない。コップ酒をあおっても心は開くどころか、閉ざされるばかりで、ふん切りをつけるには自分なりの儀式が必要だろう。

生きている間にはいくつかの大事な場面がある。怖くもあり、緊張もするが、逃げたところで何の解決にもならない。失敗しても、命まで取られることはないと開き直ってぶつかっていきたい。もちろん、ぎりぎりまで頑張ってこその話である。そうやっているうちに、開き直りが得意技になればいい。

好きな道を進む

（2022年3月17日）

俳優の高倉健さん（1931～2014年）は就職先を探していた時、世話になった大学の先生から航空会社や百貨店など幾つかの有名企業を紹介してもらった。でも、自分の性格に合うと思えず、余裕もないのに断ったという◆しばらくして、美空ひばりさんらが所属する芸能プロダクションのマネジャー見習の口があり、面接のために指定された喫茶店へ出向いた。そこで偶然に居合わせた東映の専務の目に留まり、東映ニューフェイスとして採用された◆映画は好きだったが、演技経験は全くない。俳優養成所では失笑を買うばかりで「恥のかかされ放題」だったと手記に残している。映画史に刻まれる名優も社会に出る際には人生の奇遇と選択、下積みの苦労を経験している◆来春卒業予定の大学生らを対象にした会社説明会が今月から解禁された。新型コロナの影響で採用が縮小した昨年から一転、学生優位の売り手市場になるとみられている。佐賀市で開かれた企業セミナーをのぞくと、多くの学生が気になる会社のブースを回って真剣に説明を聞いていた◆終身雇用の時代ではなく、転職は珍しくもない。とはいえ、社会人として第一歩を踏み出す場所。選択の基準は企業の規模や待遇、勤務地などさまざまだろうが、少し恥をかくぐらいは辛抱できる好きな道を選んでほしい。

どんな仕事に就くかは大きな選択である。おとなは「好きな道を進みなさい」と諭すが、何が好きか、自分に向いているかが明確に分からない人の方が多いのではないだろうか。「これぞ天職」と思える人はごく稀で、「自分に合う仕事がほかにあるかもしれない」という思いを片隅に抱えている。それでいい、と思って働いてきた。好きかどうかはともかく、自分で選んだ道だから責任を持つしかない。

高倉健さんも最初から俳優を目指していたわけではない。でも、嫌いなわけではなく、「恥のかかされ放題」にも辛抱できるだけの「好き」があったから続けられたのだろう。今は就職に向けたキャリア教育が盛んだが、働く前からイメージを固めすぎると現実とのずれにくじけてしまいそうだ。我慢できないほど嫌いになったら転職の選択もあるし、「この仕事なら好きになれそうだ」くらいの気持ちがあれば十分ではないだろうか。

仕事は続けているうちに楽しみが見つかり、誇りも感じるようになる。多くの名作ドラマを生んだ演出家の久世光彦さん（1935〜2006年）は語ったという。「おれがやったからこうなったんだという粋がりみたいなところで仕事をする」。寡黙な健さんも胸の内には「おれが演じた」という粋がりがあっただろう。

飛鳥美人

（2022年3月21日）

女優の有馬稲子さんが「美女という災難」と題したエッセーを書いている。「昭和の美女」という雑誌の特集があり、野性的なメークをして軽くにらみつけた有馬さんの若い頃の写真が載った◆当時、有馬さんは美女というレッテルが嫌でたまらなかった。美女は「演技ができない奴」と同義語に捉える空気があり、美女アレルギーが付いて回ったと振り返っている。美女も美男も、美しさゆえの悩みがあるのだろうが、縁遠い者にはうらやましさが先に立つ◆時代は大きくさかのぼって、7世紀末から8世紀初めに造られた奈良県・明日香村の高松塚古墳。1972年3月21日、石室から極彩色の壁画が見つかった。ちょうど半世紀前の大発見で、考古学史に刻まれている◆壁画は歴史の教科書にも掲載され、「飛鳥美人」として広く知られている。容姿をあげつらうのは失礼ながら、現代の感覚からすれば頬がふっくらしすぎているような感じもする。美の基準は人それぞれで、時代によっても違う。壁画になるくらいだから、当時の代表的な美人像だったのだろう◆有馬さんのように、飛鳥美人も美女のレッテルに悩んでいたかもしれない。くだらない空想を含め、考古学はいろんな想像をかき立てるところが面白い。いつの時代に生まれていたら「美男という災難」を味わえただろうか。

村人がショウガを貯蔵しようと、穴を掘ったところ、穴の奥に擬灰岩の四角い切石を見つけたのがきっかけだった。その後、遊歩道設置のための調査が必要となり、1972（昭和47）年3月21日、極彩色の壁画が発見された。「世紀の大発見」の発端がショウガを保存する穴というのが面白い。

歴史の教科書で見ていた壁画の発見から50年の節目。調べれば学術的な価値をあれこれ並べることもできるが、「飛鳥美人」として広く知られる文化財について書くには無粋な感じがする。軽く、楽しく読んでもらいたいと思ったが、容姿のよしあしに触れるのはハラスメントになりそうで表現には気を遣った。いまどき、美男、美女と口にするのが許されるのは結婚披露宴ぐらいである。

この時に初めて知ったが、壁画は東壁、西壁、奥壁、天井の4面に描かれているそうだ。カラー写真でよく見る壁画は西壁の女子群像。改めて見てみたが、現代の感覚からすると、やはり美人とは言い難く、「昭和の美女」、有馬稲子さんの若い頃の方が美しい。そんなことを考えていると、セクハラに該当するようなことを書きかねない。災難に遭わないために、人の容姿をあげつらうのは控えるに限る。

有明抄

2022年（令和4）春
▼
2023年（令和5）冬

お役所の文章

（2022年4月5日）

分かりづらい文章の代表のようにいわれる役所の文書。行政機関の取材でわざとではないかと、疑ってしまうほど堅い文章を目にした経験もある。そんな公用文が変わっていくのだろうか◆文化審議会は今年初めに「公用文作成の考え方」をまとめた。SNSによる広報などを含め、一般の人に向けた情報発信にも対応するための手引書で、政府は各省庁などに文書作成に当たって活用するように周知している◆「読み手に伝わる公用文作成の条件」として3点を挙げている。（1）正確に書く（2）分かりやすく書く（3）気持ちに配慮して書く。どれも当たり前ではあるが、これがなかなか難しい。独りよがりな文章になっているのに、自分では気づかない。改めて指摘されると耳が痛い◆具体的な注意点も並んでいる。「利用することができる」は「利用できる」、「調査を実施した」は「調査した」と回りくどい表現はしない。アジェンダは「議題」、インタラクティブは「双方向的」と言い換えるなど、公務員ではなくても文章を書く上で参考になる◆記事の場合は分かりやすさだけでなく、面白さも必要で、伝える努力に際限はない。あす6日から「春の新聞週間」が始まる。役所の文書がどう変わるのか注目しながら、こちらも気を引き締めたい。分かりづらい文章の代表といわれないように。

ＮＨＫの情報番組『ためしてガッテン』は、身近な生活のテーマに科学的な視点から迫った。立川志の輔さんの司会で人気を博し、１９９５年から２０１６年まで続いた長寿番組。その後も『ガッテン』にリニューアルされて継続した。この番組の制作に携わった人の講演を聞いたことがある。「分かりやすいのは当たり前。その上で楽しく、面白く伝えなければいけない」と話していたのが記憶に残っている。

メディアは日本語に訳すと「媒体」で、仲介する役割を担っている。難しい話を分かりやすく伝えるのは記事の鉄則であり、複雑なニュースをかみ砕き、要点を外さないようにまとめる。記事の中でも、コラムは面白く切り取ってこそ存在価値があるのだろうが、いろんな工夫をためしても「ガッテン」と感じてもらうのは難しかった。

行政機関の担当が長かったが、記者室に持ち込まれる文書の中には理解できない専門用語も目にした。担当者に尋ねると、何のことはないという内容なのに、文書にすると、なぜ、こうも難解になるのかと不思議だった。専門用語を使うと、何となく体裁がよくて公用文書らしく見えるような気がするのかもしれない。そうした状況も徐々に変わってくると期待したくなる文化審議会の取り組みである。

忠犬ハチ公

（2022年4月18日）

かわいがっている犬や猫に対する飼い主の思いは深い。死んでしまうと、家族を亡くしたような喪失感。心にぽっかりと穴が空いて「ペットロス」になる人もいる◆それは飼われた方も同じなのだろう。有名な忠犬ハチ公は飼い主だった東京帝国大の上野英三郎教授が急死した後、渋谷駅前で帰りを待ち続けた。新聞で取り上げられ、多くの人に感銘を与えた◆この物語に共感するのは万国共通のようで、2009年にはハリウッドが映画化。著名な俳優リチャード・ギア氏が飼い主役を演じた「HACHI　約束の犬」によって、ハチ公は海外でも広く知られる存在となっている◆国際面に載った小さな囲み記事が目に留まった。ウクライナの首都近郊マカウリで、ロシア軍に殺害された飼い主の女性を約1カ月にわたって待ち続けた秋田犬がいた。ボランティアが餌を与えて連れ出そうとしても、女性宅から離れようとしなかった。地元メディアは「マカウリのハチ公」と伝え、新しい飼い主が見つかったという◆記事を読みながら、切なさとともに侵攻に対する憤りが増してきた。ロシアでは昨春、ハチ公になぞらえ、飼い主を待つ忠犬パルマと少年のふれあいを描いた日ロ合作映画「ハチとパルマの物語」が公開された。ロシアでも気持ちは通じるはずなのに、戦争が哀別を生んでいる。

旧佐賀藩主の鍋島家は1876（明治9）年、東京・渋谷の広大な土地を譲り受けた。「松濤園《しょうとう》」と名付けた茶畑などに利用された後、関東大震災を契機に宅地として分譲され、現在は高級住宅地として知られる。当時、上野英三郎教授とハチはその一画に住んでいた。ハチはいつも玄関先で見送り、ときには渋谷駅まで送り迎えをしたという。佐賀県出身者の学生寮「松濤学舎」があった地区でもあり、佐賀との縁を感じる。

ハチは亡くなった飼い主を忘れず、駅に通い続けた。「いとしや老犬物語」のタイトルで新聞報道されたのをきっかけに忠犬としてかわいがられるようになったが、それまでの数年間はいたずらされたり、野犬扱いされたりしたそうである。世間の変わりようの早さは昔も今も変わらず、「公」まで付けて呼ばれるようになったハチは、どう感じていただろうか。

こうした美談は日本人だけの好みではなく、世界共通のようである。リチャード・ギアが演じたアメリカ版もいい映画だった。この有明抄を書いた時期は連日、ロシアによるウクライナ侵攻が大きく報じられていた。重要なニュースであり、取り上げ続けなければならないが、切り口を探すのに苦心していたところ、小さな囲み記事を目にしてハチ公に登場を願った。ハチ公からすれば、これも人間の勝手な捉え方なのかもしれないが…。

ワークライフバランス

（2022年4月28日）

1989年から国の機関で第2、第4土曜を休みにする隔週「土曜閉庁」が始まり、92年から国家公務員は完全週休2日制になった。今年で30年になるが、この間、学校や企業など社会全体に週休2日制が定着した◆近年は多様な働き方が求められるようになり、新たな動きも出てきた。パナソニックは先日、本年度中に希望する社員を対象とした「選択的週休3日制」を試験導入すると発表した。社会貢献や自己啓発のための時間をつくり、仕事への貢献をより高めるのが狙いという◆パナソニックは「経営の神様」といわれた創業者の松下幸之助が1965年、他社に先駆けて週休2日制を導入した。「1日休養、1日教養」。松下は2日間のうち、1日は心身を休めるため、もう1日は自己研さんのために使ってほしいと説いた◆当時は高度経済成長期。がむしゃらに働くことが美徳だった時代にあって、斬新な発想力、先進性はさすがである。半世紀以上前からワークライフバランスを考え、それが人を育て、社業発展にもつながると見通していたのだろう◆週休3日制になったら1日休養、1日教養で、もう1日は何を養えばいいのか。無芸大食の悲しさで「栄養」しか浮かばないが、それもまた善しか。あすから3連休、月曜を挟んでまた3連休。予行演習のつもりで過ごしてみる。

〈右の靴は左の足に合わない。でも、両方ないと一足とは言わない〉。作家・山本有三（１８８７〜１９７４年）の言葉は、結婚披露宴のスピーチで引用される。右と左の靴の形が違うように、夫婦となる二人も性格や考え方などは異なる。互いに認め合い、尊重してこそ夫婦といえる、ということである。

「仕事と家庭、どっちが大事なの？」。テレビドラマの夫婦げんかのベタなシーンは、右の靴と左の靴はどちらが大切かを問い詰めているようなものかもしれない。仕事も、家庭も同じように大切であり、二つがそろって人生は充実する。要はバランスが重要で、やじろべえのように右が下がったり、左が下がったりしながら何とか倒れない平衡感覚を身に着けていく。仕事とプライベートは二者択一ではなく、一対であろう。

「モーレツ社員」がもてはやされた世代ではないが、その余韻が残る雰囲気の中で若い頃を過ごした。冠婚葬祭以外の優先順位は仕事が最上位。休みを欲しがる社員が増えてくると、頭では分かっていても、胸の内には文句の一つも言いたくなる気持ちがあった。松下幸之助（１８９４〜１９８９年）の先見性には頭が下がる。肝心なのは休みの過ごし方であり、だらだらと無駄な時間を過ごすばかりでは何も養われない。

プーチンの執念

（2022年5月7日）

子どもの頃に見ていたスパイドラマの主人公に憧れ、旧ソ連国家保安委員会（KGB）に入るのが将来の夢になった。思いはよほど強かったのだろう。実際にKGBの支部へ行き、どうすれば入れるかを尋ねた◆応対した職員は「自分からKGBに入りたいと絶対に言ってはならない。レニングラード大学の法学部に入り、優秀な成績を取ったらKGBのほうから接触してくる」と助言したという。その言葉通りに進んだのがプーチン大統領。意志の強さがうかがえる逸話だが、現状を見れば執念の深さと言うべきか◆市長に転身した後、大統領府へ。頭角を現すと、当時のエリツィン大統領から首相に登用されるまで上り詰めた。貧しい家庭に生まれ、体も小さかった少年。絵に描いたような立身出世だが、今は国際社会の非難を一身に浴びている◆プーチン氏が目指すのは「強いロシア」。伝統的に強いリーダーを求める国柄といわれ、現在も立ち向かう指導者として高い支持率を維持している。外から見れば暴挙の大統領だが、内には尊敬のまなざしがあるのだろう◆大統領に就任したのは2000年5月7日。首相との交代を挟み、22年にわたって実権を握る。強さだけで繁栄する時代ではないのに、いつまで昔の幻想に拘泥するのか。9日の「戦勝記念日」に向けた動きが気にかかる。

ロシアの「戦勝記念日」を前に、ウクライナ侵攻を続けるプーチン大統領を取り上げたが、実はこの中に誤りがあった。ほとんどの人は気づかないだろうが、プーチン氏はKGBを経て政界に進出したが、就任したのは「市長」ではなく、サンクトペテルブルク市の「副市長」だった。十分に調べて書いたつもりだったが、うっかり間違ってしまった。

驚いたのは「副」が抜けているのに気づいた読者がいたことである。指摘を受けて、書いた本人も担当デスクも誤りに気づいた。その読者はウクライナ侵攻に関心を持ち、プーチン氏に関する本を読んだばかりだったという。漫然とニュースを見るだけでなく、深く知ろうと学ぶ人たちがいる。気を抜いているわけではないが、注意を怠らないようにしなければと改めて感じた一件だった。

こんなミスをすると一日中、気分は晴れない。恥ずかしく、「早く次の日にならないか」と思うが、翌日になっても無罪放免とはいかない。次の日の紙面には通称「詫び訂」、お詫びして訂正しますと、小さな記事が載る。それがさらに気分を落ち込ませ、「またミスをするのではないか」と恐怖心に襲われる。不思議なもので、ミスは連鎖しがちである。自業自得とはいえ、しばらくは不安にかられ、何度も何度も確認する作業を強いられる。

読めない名前

（2022年5月14日）

毎年「こどもの日」にちなみ、佐賀県内の小学6年生の名前特集が載っている。２０09年度生まれが対象の今回は「結衣《ゆい》」と「葵《あおい》」が最も多かった。生まれた頃の人気芸能人などの影響が表れるようで、記事は女優の新垣結衣さん、宮崎あおいさんとの関連を挙げていた◆読みでは「はると」がトップで、「大翔」「陽斗」「暖人」などさまざまな漢字表記があった。大翔は「ひろと」「やまと」「たいが」などの読み方もあって、なかなか難しい◆国文学者の池田弥三郎さん（１９１４～82年）が福沢諭吉の文章論について解説している。福沢は相手に分かってもらわなければ何にもならないとして「平易に書く」を基本としていた。物の名は区別するための「符牒《ふちょう》」、つまり記号だという◆それは人名に対しても同様だった。他と区別がつくことが大事で、難しい名前は世間にとっても不便だから、できるだけ手軽で明白にすべきだと説いた。合理的な考えとはいえ、「符牒」と捉えては割り切りすぎではないか。社会や家族のありようも変わった現代にあってはなおさらである◆名前は人生最初の贈り物で、幸せを願う家族の思いが込められている。「どう読めばいいのか」と困惑する世間の一人ではあるが、他人がとやかく口を出す話でもない。福沢先生はしかめっ面かもしれないが…。

月と書いて「らいと」、騎士は「ないと」、泡姫は「ありえる」、一心は「ぴゅあ」、七音は「どれみ」…。一時期、ブームになったキラキラネームは常識をはるかに超え、親の想像力を競い合っているかのように思えた。ブームは下火になったといわれるが、すんなり読めない名前は多い。名付ける親のセンスや教養が問われている感じもする。

名前は識別する役割があり、福沢諭吉（1835〜1901年）が指摘するように記号であるのは確かだが、それだけではない。子だくさんの昔は一、二、三と順番が分かる漢字を入れた名前もあったが、今は少子化の時代。弟や妹が生まれるのを前提に名前を考える親は少ない。名前に込める思いは強く、凝った読み方はその表れだろう。

〈名は体を表す〉という。親の願いがこもった名前を背負って育つうちに、名前と実体が重なっていく。作曲家の山田耕筰（1886〜1965年）は「耕作」を「耕筰」に改名した。その由来をエッセーに書き留めている。理由の一つは同姓同名が多かったこと。もう一つは後頭部の髪の乱れを指摘され、カツラをつけろと言われたが、それを嫌った山田は坊主頭にした。だが、それも気に入らず、名前の「作」に毛（ケ）を二つ付けたという。なかなかのしゃれっ気である。やはり名前は単なる記号だとは割り切れない。

減塩の日

（2022年5月17日）

近所のおじさんたちがふらりと来て酒を飲み始める。いつごろまでだったろうか、田舎ではよく見かける光景だった。つまみは「がん漬け」。有明海沿岸部ではなじみの珍味である◆がん漬けは小さなカニを塩で熟成させたもので、ごはんのお供としても食卓に出ていた。かつては農作業の際の塩分補給にも食べていたそうで、それほどに塩味が強かった。たまに見かけると懐かしくなるが、塩分の過剰摂取は禁物である◆きょう5月17日は「高血圧の日」、毎月17日は「減塩の日」。かかりつけの医師からは「食事に気を配って」と注意されるが、血圧が気になるご同輩は多いようで「塩分控えめ」をアピールした商品が目につく◆厚生労働省のホームページに、コンビニ大手「ファミリーマート」の取り組みが紹介されていた。2018年から塩分を減らした弁当の開発を進め、徐々に品目を増やしている。「減塩食品はおいしくない」というイメージもあるため、調理法などを工夫。あえて減塩を強調する表示はせず、〝こっそり減塩〟を進めてきた◆健康志向が高まる中、企業の取り組みは広がりそうだが、時には塩分のきいた物も欲しくなり、つい手を出してしまう。定期の健康診断を控え、こっそりの不摂生が露呈するのではないかと気になっている。ご同輩よ、塩分はほどほどに。

ｉＰＳ細胞を研究する山中伸弥さんは牡蠣アレルギーがある。ニューヨークの有名な日本料理店に行った際、とてもおいしそうな牡蠣があり、妻が横で食べていた。その様子を見た山中さんはつい口にしてしまい、後で大変な目に遭ったという。山中さんは「脳はよく間違える。きょうは大丈夫ですと。でも、腸はだまされない」と対談で語っていた。

「糖分は控えて。塩分もほどほどに」。生活習慣病の予備軍に属しており、月に一度、通っている病院の医師から毎回、同じ忠告を受けている。それなのに、油断をすれば甘味に手が伸びる。食事も塩分が少なければ、おいしくない。「きょうは大丈夫」と脳は間違いを犯し、だまされない体の数値は悪化する。そして、また、かかりつけ医の小言を聞く羽目になる。

コンビニの進化は目覚ましく、「これなら大丈夫」と脳を刺激してくる。健康志向を狙った商品が続々と登場し、購買意欲をそそる。そんな中で「こっそり減塩」というのは、良心的に思えて好感を持った。これも逆を狙った戦略の一つかもしれないが、健康につながるなら、乗ってみるのもいい。子どもの頃にこっそり口にした「がん漬け」の塩辛さは思い出の中にしまっておく。

雨模様

（2022年6月1日）

誤った言葉遣いをした苦い記憶はいくつかある。その一つが「雨模様」。正しい意味を確かめず、曖昧にしたまま間違った使い方をしていた◆辞書を引くと、雨模様は「今にも雨が降りそうな空の様子」とある。雨が降りだしたら雨模様とは言わないのに、どんよりと曇った空だけでなく、小雨が降る天気も「あいにくの雨模様になり…」などと書いていた。恥ずかしい限りである◆あすから6月、本格的な雨の季節を迎える。昨年を振り返れば、佐賀県を含む九州北部は5月15日に梅雨入りし、7月13日に明けた。各地の総雨量は平年より10～40％少なかったが、お盆のころ大雨に見舞われた。今年は被害が出ないことを願いつつ、警戒は怠らないようにしたい◆豪雨災害の要因となるのが「線状降水帯」。気象庁は1年前から発生を確認した時点で情報を出すようにしたが、あす1日からは発生の半日～6時間前に予報する取り組みを始める。民間船舶の協力も受けて観測体制を強化し、スーパーコンピューター「富岳」でデータを分析する◆雨模様と同様に、今にも降りだしそうな天気を表す言葉には「雨意《うい》」や「雨気《うき》」がある。降雨の気配からきているという。線状降水帯が発生する気配を察知しようという新たな試み。迅速な対応につながれば良し、雨模様で済めばそれも良しである。

地球温暖化の影響なのか、近年は雨の降り方が変わってきたように感じる。昔も大雨は降ったが、短時間に、局地的に多量の雨が降る。水害に見舞われる事例は佐賀県内でも増えており、気象に関して書く機会は多かった。そこで困ったのが専門的な知識の乏しさである。頼りにしたのは気象学者の倉嶋厚さん（1924～2017年）が編集・監修した本だった。

倉嶋さんは気象キャスター、気象エッセイストとして活躍した。『雨のことば辞典』『風と雲のことば辞典』（講談社学術文庫）は必携の本で、気象に関するさまざまな用語を教わった。『雨の―』は1200語が収録された雨づくしの一冊であり、風情のある、すてきな響きの言葉が満載されている。梅雨入りが近づくと本を開き、コラムのヒントをもらっていた。

「雨意」もこの本で知った言葉の一つである。解説には〈雨が降りだしそうな空模様や風向き。「意」は、雨の降りだしそうな気配。「雨気」「雨模様」〉とある。気配を表す雨の言葉に、気象とともにある日本語の奥深さを感じて知ったかぶりをしたくなった。ちなみに、「線状降水帯」の項目はない。この用語が使われたのは2014年の広島市の土砂災害からとされており、本が編集された2000年の頃はまだ使われていなかった言葉である。

ランドセルにみるジェンダー

（2022年6月6日）

子どもたちが時代の先端を歩いていると感じる時がある。登下校時に目にするランドセル、その色が年々多彩になってきた。ジェンダー〈社会的・文化的に形成される性別〉にとらわれず、それぞれの好きな色が背中にある◆ランドセルの色は、文科省も教育委員会も指定していたわけではない。それなのに「男子は黒」「女子は赤」が当たり前で、何の疑問も抱かなかった。本紙「電子版プラス」に載っていたランドセル特集を読みながら、改めて変化に気づく◆ランドセル工業会が今春の新1年生の保護者1500人に実施したアンケート。男子は黒が58％を占めたが前年よりも減り、紺が18％に増えた。女子は紫・薄紫が24％で最も多く、桃色21％、赤17％、水色16％と多様化している◆「友だちと一緒」から「他人とかぶらない」「自分のお気に入り」を選ぶ傾向が強まっており、ジェンダーに縛られていない。保護者も子どもの個性を尊重して受け入れている。世代間にも開きがあるようで、ランドセルの色に目が留まるのは意識の底に古くさい感覚がこびり付いているためかと省みる◆ランドセルは1887（明治20）年、伊藤博文が後の大正天皇の入学祝いに献上した革製、箱型の特注品が原型になって広まったという。大人社会のジェンダーも明治の原型をとどめてはいないか。

就活、婚活、終活といろんな「活」が広がっているが、「ラン活」という新語も登場している。子や孫が小学校に入学する1年以上前から、ランドセルを選ぶという。省略せずに記すなら「ランドセル購入活動」といったところか。〈はえば立て　立てば歩めの親心　わが身につもる老いを忘れて〉。子どもの成長は老いも忘れる楽しみであり、入学を待ちわびる親や祖父母がランドセルを品定めして回るそうだ。

最近のランドセルは品質がいいが、価格もそれ相応になっている。となれば、おじいちゃん、おばあちゃんの出番なのだろう。黒、赤以外のランドセルを欲しがる孫に、ジェンダーについて学んでいるのかもしれない。男の子は黒、女の子は赤と決めつけては、かわいい孫に嫌われかねない。

世界経済フォーラムが2024年に発表した「男女格差（ジェンダー・ギャップ）報告」によると、日本は146カ国中、118位と低迷している。女性活躍が声高に叫ばれても、いっこうに改善しない。ランドセルの色が気になっているようでは覚束ない。身近なところから着実に意識を変えなければ、ジェンダー・ギャップは解消されず、子どもたちの未来を阻む障壁になる。

はてなの茶碗

（2022年6月21日）

京都・清水寺の茶店で、茶道具屋の金兵衛が店の茶碗を手に首をかしげている。「茶金さん」の愛称で知られる名鑑定家で、首を1回かしげるごとに、値が100両上がるといわれていた◆その茶金さんが茶碗を眺めては茶を注ぎ、都合6回も首をかしげた。実は、ひび割れもないのに茶碗が水漏れするのを不思議がっていただけなのだが、目撃した男は有り金をはたいて手に入れる。落語「はてなの茶碗」はそこから話が展開する◆焼き物に限らず、「評価」というのは難しい。飲食店情報サイト「食べログ」で不当に評点を下げられたとして損害賠償を求めた訴訟で、東京地裁はサイト運営会社に賠償を命じた。評点を決定する計算手法の変更が問題とされ、独禁法で禁じる優越的地位の乱用に当たるとの判断である◆茶金さんにしろ、食べログにしろ、多くの人が注目する存在になると、その評価は大きな影響を及ぼす。だからこそ評価する側には客観性や公正さが求められ、疑問が生じれば、評価する側も評判を下げることになる◆客観、公正な評価はなかなかに難しく、最後はそれぞれの判断。小欄のようなコラムも同様で、出来、不出来は読者に委ねるしかない。読み終えて「はてな？」と、首をかしげる姿を想像してみる。これで100両上がったか。いや、水漏れのようである。

〈人々が欲しいのは4分の1インチのドリルではない。彼らは4分の1インチの穴が欲しいのだ〉。マーケティングの世界では著名な経済学者セオドア・レビット氏が著書にそう記しているという。門外漢なりに解釈すれば、消費者が何を求めているか、本質を見極める重要さを指摘しているのだろう。

茶碗は用を足せばいいと考える人もいれば、美しさや機能性などの高い価値を求める人もいる。だれもが「ただ使えればいい」と思っているなら、100円ショップの食器で十分であり、有田焼も唐津焼も不要になる。でも、そうはならないところがモノの価値の複雑さであり、面白さだろう。同じお茶でも、ちょっと高めの焼き物で飲めばおいしく感じる。著名な作家の作品ともなれば、モノから芸術の領域に移っていき、おいそれと使うこともできないのに相当の価値を持つ。

モノやサービスがあふれた社会である。消費者として価値を冷静に判断しなければ、提供する側の戦略にはまってしまう。自分は何を求めているのか。権威などに惑わされず、納得して消費生活を送りたい。自分が好きな茶碗、おいしいと思う料理を選べば、周りがどう言おうが関係ない。喜びや幸せの基準は人それぞれである。

欲しくない「症状」（2022年6月25日）

「若手の承認欲求を満たすことが大切です」。人材育成の解説書にそう書いてある。若い人に限らず、誰だって認められたい。「デクノボーと呼ばれたい」などと、宮沢賢治の境地にはたどりつけない。やはり、たまには褒められたいと思う俗人である◆だからといって、こんな賞状は欲しくない。悪ふざけの域をはるかに超えており、大人の振る舞いとは信じ難い。青森県八戸市の住宅会社が自殺した40代の社員に渡していた賞状。先日の社会面に載った記事を読んでの不快さが澱《おり》のように残っている◆賞状は課長が作成し、新年会の場で渡されたという。賞状は「症状」となっており、「貴方は、今まで大した成績を残さず、あーあって感じ」「現在でも変わらず事務的営業を貫き」「陰で努力し、あまり頑張ってない様に見えてやはり頑張ってない」—。この社員は翌月、重度のうつ病になって自殺した◆褒め言葉には限りがあるが、けなす言葉には際限がない。そんな話を聞いた覚えがある。課長は「症状」を作りながら「これは受けるぞ、笑えるぞ」などと思っていたのだろうか◆標的をつくって攻撃するいじめの構図。なくせないのは人間の愚かさだが、抑える意識を持てるのも人間だろう。けなすことが厳しい指導ではない。想像力を働かせ、限りのない褒め言葉を身につけたい。

気が小さいので、人に対して強い言葉をぶつけるのが苦手である。管理職になった頃、上司からは「厳しく指導することも必要だ」と忠告を受けた。承認欲求を満たしてやるため、褒めることは大切だが、悪いところは適切に注意しなければその人のためにならない。それはよく分かっているが、まっとうに叱るのは実に難しく、遠慮がちになるのが常だった。

いつも優しく、好かれる上司でありたいと思うのは間違ってはいないだろう。でも、それだけでは、自分が傷つきたくないだけではないのか。〈卑怯《ひきょう》いつも優しさを紋章にする〉。自問する中で、胸に留めておいたのは文芸評論家で詩人の大岡信さん（1931〜2017年）の言葉だった。優しさは大切だが、それを紋章にして逃げるのは卑怯である。そうなってはいないかと、顧みることは多かった。

その一方で、俳優の宇野重吉さん（1914〜88年）の言葉も片隅にあった。〈人の芝居の粗ばっかり見えるときは、おまえの心がさもしいときなんだ〉。自分の思うようにならないと、いら立って叱りつける人がいる。重箱の隅を突っつくような思考に陥り、人の粗ばかりに目を向ける。手の込んだ「症状」まで作って憂さばらしをする心のさもしさは、あまりに情けない。

「貧幸」に戻れるか　（2022年6月30日）

かなり刺激的な提言である。脚本家の倉本聰さんが「老人よ、電気を消して『貧幸』に戻ろう！」（文藝春秋6月号）と呼びかけた。地球環境の危機を前にして、しびれを切らしたように、貧しい時代を経験した高齢者に行動を促している◆貧幸とは「貧しいけれど幸せ」。現役世代はきょうの経済、あすの景気ばかりを考え、一向に眠りから覚めない。ならば壮年は放っておき、地球環境の改善を老後の、最後の仕事にしようと、87歳の倉本さんは賛同者を募る◆少し歩けばテレビのボタンは押せるのに、歩くエネルギーを節約しようとリモコンを発明した。そうしたサボりを「便利」と呼び、代替エネルギーを使ってきたと指摘する。中には現実的には難しいと感じる内容もあるが、承知の上での提言だろう◆早くも梅雨明け、猛暑日のニュースが届く。冷房利用の増加などが見込まれ、東京電力管内では全国初の「電力需給逼迫注意報」が出された。テレビは「スタジオの照明を少し落として放送しています」とお断りのコメント。夏本番はこれからで、熱中症に気をつけながらの節電生活になりそうだ◆倉本さんは右往左往する社会をしかめっ面で見ているかもしれない。持て余すほどの「便利」を根本から見つめ直せ、と。貧幸の時代に戻れるかは分からないが、重い問いかけである。

記者生活が始まった頃、ポケベルを持たされた。連絡が入ると、公衆電話を探して回った。呼び出し音は実に気に障る音だった。それが携帯電話になり、スマホに代わった。買い替えるたびに性能は高まり、使いこなせない高度な機能が付いている。車や家電製品も同じで、少しずつランクアップし、生活は便利で楽になった。それほど高性能の製品が必要とは思っていないのに、買い替えるとなると、ランクを落としたくない心理が働く。

こうして倉本聰さんが指摘するように、「サボり」に慣らされてきたのかもしれない。一度、覚えたサボりは癖になる。時折、自然の中でいきいきと暮らす人たちがテレビで紹介される。憧れは抱くが、冷静に考えれば耐えられそうもない自分に気づく。

倉本さんは1977年に北海道富良野市に移住し、81年には『北の国から』が注目を集めた。田中邦衛さんが演じた黒板五郎のような生活を送ったわけではないだろうが、東京とは比べようもない不便さがあっただろう。そんな倉本さんにはエネルギーを消費しまくる現代社会が腹立たしくてならなかったようで、文藝春秋に寄せた提言は刺激的な言葉が並んでいた。当時は話題になったが、記憶している人は少ないだろう。「貧幸」に戻れない弱さを認めつつも、胸に留めている。

クレーム

（2022年7月4日）

「いただきます」。食事の際に手を合わせるのは、命をいただくことへの感謝だけではない。生産から流通、販売、調理まで多くの人が関わって食卓に上る。その労力への感謝でもある◆思想家の内田樹さんが著書で給食に対する保護者のクレームを取り上げていた。自分は給食費を払っている。だれにも負債はない。それなのに、どうして「いただきます」と礼を言わなければいけないのかという理屈。内田さんは「世の中の仕組み」が分かっていないと指摘する◆給食は食物の生産・流通システムの整備、公教育思想の普及、食文化の深まりなどがあって可能になった。先人の積み重ねた努力に対してありがたいと思うのが普通であり、市民社会の基礎的なサービスのほとんどはそうした努力の成果として維持されている、と◆7月に入っても物価高騰のニュースが続いているが、いろんな現場の頑張りで何とか社会が保たれていると実感する。値上がりに苦慮する給食も食材やメニュー、調理法を工夫しており、佐賀県内の状況を伝える記事からも予算と栄養をにらんで奮闘する様子がうかがえた◆当たり前に提供されている給食は努力の成果で維持される。世の中の仕組みを分かっているなら、「いただきます」は自然な行為。自分ばかりに意識が向くと、周囲への感謝を忘れてしまう。

ハラスメントばやりだが、その一つにカスハラ（カスタマーハラスメント）がある。「私は客である。その私が言っていることは正しい。それなのに、どうして聞き入れないのか」と無理難題を押し付けてくる。あまりに理不尽な要求に対しては毅然と対処しなければならないが、境界線が難しく、ずるずると言われっぱなしになってしまう。

「お客様は神様です」と言ったのは歌手の三波春夫さんだが、カスハラをする人たちはこの言葉の真意を知るべきだろう。三波さんは生前、インタビューで語っている。「歌うときに私は、あたかも神前で祈るときのように、雑念を払ってまっさらな澄み切った心にならなければ完璧な芸をお見せすることはできないと思っております。ですから、お客様を神様とみて、歌を歌うのです」。歌手としての気構えを表した言葉であり、客に媚びたり、何をされても我慢しろと言っているわけではないが、言葉が独り歩きして誤認されている。

内田樹さんは別のコラムにこう書いていた。「卓越した知性は『怒り』のような感情資源を動員しなくても人を説き伏せることができる」と。カスハラにも卓越した知性をもって冷静に立ち向かい、説き伏せることができればいいのだが、不当な要求をする人に受け止める知性があるかどうかは疑わしい。

安倍元首相銃撃事件

（2022年7月9日）

16代米大統領リンカーン（1809〜65年）の名言として知られる。〈正義を勝ち取るためには、バレット（銃弾）ではなく、バロット（投票用紙）が必要です〉。現代の日本社会で、この言葉を使わなければならないとは信じ難い思いである◆政治の世界では、戦に関わる例えがよく使われる。常在戦場、出陣、選挙戦…。勝敗を左右するのは論戦だが、そこに銃弾はいらない。どんなに主義や主張が異なろうと、必要なのはバロットであり、命を狙う蛮行は断じて許されない◆参院選最終盤のきのう8日、奈良市で街頭演説に立っていた自民党の安倍晋三元首相が凶弾に倒れた。現場は商業施設などが並ぶ一角で、多くの聴衆と報道陣が集まる中での犯行だった。撮影していた人も多かったのだろう。テレビから流れる映像や音声は生々しく、衝撃だった◆政治家に毀誉褒貶《きよほうへん》はつきもので、国民すべてが支持するわけではない。ときに、行き過ぎた反感を買う場合もあるだろう。さかのぼれば「平民宰相」として親しまれた原敬首相が刺殺され、安倍氏の祖父岸信介首相も刺されて重傷を負っている◆政治家とは厳しい仕事だが、戦後77年、民主主義や言論の自由は社会に浸透したはずではなかったのか。参院選の投票日をあすに控え、死を悼むとともに、バロットの力を改めて胸にしたい。

この日は珍しく仕事がはかどっていた。午後はゆっくり仕上げればいい。そう思っていたところに、第一報が入ってきた。安倍晋三元首相が銃撃された。状況はよく分からない。大したことがなければ、ほぼ出来上がった原稿が使える。大事件にならず、ちょっとした騒ぎぐらいで収まってくれと願ってテレビを見ていると、「心肺停止」のテロップが流れた。

心肺停止は死亡が確認されていないだけで、ほぼ助かる見込みはない。覚悟を決めて一からやり直しとなったが、大事件を前にして動揺しているのが自分でも分かる。何を書くべきか、まずは冷静にポイントを整理した。選挙期間中の暴挙、現場の状況、政治テロ、そして悼みも。少しずつ詳しくなっていく通信社の原稿やテレビ中継を見ながら書き進めたが、動機が分かっていない段階で政治テロに重点を置くにはためらいがあった。過去にはテロに遭った政治家は多いが、現代の日本の社会ではしっくりこない感じがした。

悼みの言葉も政治家に対しては難しさがある。政治家を評価するには一定の時間が必要であり、亡くなったからといって功績をたたえればいいというわけにはいかない。悪戦苦闘した一編だが、翌朝、西日本新聞の1面コラムもリンカーンの同じ言葉を引いていた。ばつの悪さを感じながらも、こんな時は同業者と苦労を共有したような気持ちになる。

グリコのおまけ（2022年7月14日）

何のためにやっているのか、ときに目的を見失う。テレビでも活躍する俳人の夏井いつきさんの言葉を紙面で見つけた。〈目標はあったほうがいい。でも、それはグリコのおまけのようなもの〉◆賞を取りたいと目標を持つのは大切だが、それだけに意識が向くと楽しめなくなる。俳句は人生を豊かにするために作っているので、賞を受けたとしてもそれはグリコのおまけ。キャラメルのおいしさを放り出したら本末転倒だ、と◆夏の甲子園で優勝した佐賀北高野球部元監督の百崎敏克さん（66）が日本高校野球連盟の「育成功労賞」を受け、先日、さがみどりの森球場で伝達された。駆け出しの頃に取材でお世話になったが、名監督というよりも優れた指導者、慕われる教師の印象が強い◆6月末で教師生活を終え、足跡を振り返ったインタビュー記事に夏井さんと重なる言葉があった。〈甲子園はあくまで目標であって、目的じゃない。それだけが目的なら、日々やっていることが意味をなさない。目的は野球を通じていろんなことを学び、人間的に成長すること〉◆甲子園を目指した県大会の熱戦が続いている。優勝の目標に手が届くのは1校だけだが、力を尽くした結果は充実しているはずである。支えてくれた人たちに、成長した姿を見せてほしい。おまけはいつか、どこかでもらえる。

甲子園に同行取材した監督はそれぞれに魅力があった。百崎敏克さんをはじめ、強豪・天理を破って注目された佐賀学園の巨瀬博さん、全国制覇した佐賀商業の田中公士さん、唐津西、佐賀東と2校を甲子園に導いた吉丸信さん。優れた指導者に共通するのは言葉が生きていることである。取材ノートを広げて話を聞いていると、記事にしたくなるフレーズが出てくる。

高校野球を担当したのは年号が平成に代わってからの4年間。当時は古い佐賀球場で県予選の全試合が行われていた。記者室は冷房設備がなく、窓を開ければ砂ぼこり。サウナに入っているような暑さの中で、連日、体力勝負の取材だった。ひたむきに打ち込んできた監督、選手の言葉をまっすぐに受け止め、感動する清新さが自分にもあった。若い頃に書いた記事を読み返すと、稚拙ではあるが、高揚感が伝わってくる。

脳科学者の茂木健一郎さんが「グリコグループ100年史」にメッセージを寄せている。グリコのおまけが大好きだったそうで、「小さなオモチャであっても、そこには大きな夢、無限の変化の可能性があった」と書いている。何かの賞も甲子園も、目的に向かうためのグリコのおまけのようなものなのだろう。

「さん」付け

（2022年7月21日）

小学生の子どもがいる同僚の話。友だちを呼ぶ時は「さん」付けにしようと先生から提案があったそうで、子どもはそれが嫌だと落ち込んでいたという。同僚は「呼び方まで決めることですかね」と首をかしげていた◆思い起こせばクラスメートはあだ名で呼んだり、呼び捨てだったり。優等生タイプや大人っぽくて一目置かれる友だちは、自然に「君」「さん」付けで呼ばれていた◆調べてみると、「さん」付けを指導する小学校は全国的に増えているようだ。身体的特徴をからかうようなあだ名がいじめにつながるケースもあるため、相手を大切にする気持ちが伝わるように「さん」付けで呼び合う。中には校則に明記している学校もある◆あだ名といえば、夏目漱石の『坊ちゃん』が浮かぶ。親譲りの無鉄砲な坊ちゃんが付けたあだ名は赤シャツ、山嵐、野だいこ、うらなり…。軽妙に名付けていくが、自分のあだ名だと思うと、どれもうれしくはない◆学校に限らず、風通しのいいフラットな組織を目指して、役職などではなく「さん」付けにする企業もある。家族や友人、職場の仲間。日常的に顔を合わせる人たちと気持ちよく過ごせるように考えてみたい。いろんなハラスメントが指摘される社会でもある。たかが呼び方と軽んじていると、どんなあだ名を付けられるか分からない。

ネタはいろんなところにころがっている。「おや、まあ、へえーと感じたことは記事になる」と話していた先輩もいた。同僚と雑談をしていて、「へえー」と思って調べてみると、全国的に「さん」付けを指導している学校が増えているという。校則に明記している学校もあり、重ねて「へえー」である。どんな呼称を使うかは学校だけでなく、大人の社会でも悩ましい。

大手企業に勤める知人の男性と部下の女性の話である。同じ職場で働いた期間も長く、互いに信頼関係を築いていた。その女性は着実に力をつけ、管理職に昇進した。その時から知人は、それまでの「呼び捨て」から「さん」付けで呼ぶようにしたという。「女性の管理職は珍しくなくなったとはいえ、周囲にはやっかむ者もいる。上司の自分がさん付けで呼べば、周りの社員も認めようになるんじゃないかと思ってね」と話していた。部下を思って呼び方ひとつにも深く思慮する。それができる人はそういない。

親しみを込めて「ちゃん」付けしたり、下の名前で呼んだりすればセクハラと受け止められる恐れもある。「さん」付けがいちばん無難なのかもしれないが、やはり一律に決めることではないだろう。呼称は、人と人との関係性の表現でもある。

一本の鉛筆

（2022年8月6日）

子どもの頃に横浜大空襲を経験した美空ひばりさん（1937～89年）は、人一倍の戦争嫌いだった。だからこそだろう。第1回広島平和音楽祭（74年）の出演依頼を二つ返事で引き受け、平和への祈りを込めた「一本の鉛筆」という新曲を圧倒的な歌唱力で披露した◆〈一本の鉛筆があれば　戦争はいやだと私は書く〉〈一枚のザラ紙があればあなたをかえしてと私は書く〉〈一本の鉛筆があれば　八月六日の朝と書く〉。原爆で失った愛する人への思いが静かな旋律に乗って胸に染みる◆ロシアによるウクライナ侵攻が続く中、あの日から77年目を迎えた。プーチン大統領は核使用をちらつかせて威嚇した。一方、岸田文雄首相は核拡散防止条約（ＮＰＴ）再検討会議で、日本の首相として初めて演説。核軍縮の機運盛り上げを目指すが、理想と現実の溝を対話で埋める作業は容易に進まない国際情勢である◆ひばりさんは音楽祭の際、用具置き場のような場所で出番を待った。スタッフが冷房のある楽屋に誘導しようとすると「あの時の広島の人たちは、もっと熱かったでしょうね」とつぶやいたという（森啓著『美空ひばり燃えつきるまで』）◆あの時の広島を覆った原爆の熱を想像し、核兵器の怖さ、愚かさを考える日である。一本の鉛筆で一枚のザラ紙に、平和の誓いを記したい。

テレビだったろうか、ラジオだったろうか。何年も前に一度だけ聞いた「一本の鉛筆」がずっと記憶に残っていた。美空ひばりさんの歌唱力が胸に響いたのは確かだが、〈一本の鉛筆があれば…〉〈一枚のザラ紙があれば…〉と静かに語りかける歌詞が切なくて、大切な人を奪った戦争への憤り、二度と繰り返させないという決意が迫ってくるようだった。

「広島原爆の日」に取り上げようと思っていた歌だが、この歌に思いを寄せていた読者がいた。掲載した日に「紹介していただき、ありがとうございました」とお礼のメールが届いた。関係者の人かと思うような文面だったが、そうではなく、多くの人に聴いてほしいと思っているようだった。メールは続けて「字数も限られているでしょうからビッグネームのひばりさんになるのは理解していますが、松山善三さんについても触れてほしかったです」と丁寧につづられていた。

映画監督で、脚本家の松山さん（1925〜2016年）は広島平和音楽祭の総合演出を務め、「一本の鉛筆」も作詞した。初監督作品の映画「名もなく貧しく美しく」は戦後の混乱期を生きた人々を描き、勤労動員中に被爆した旧制中学のドキュメンタリー番組（広島テレビ）の制作にも関わった。ひばりさんと同じように、人一倍の戦争嫌いだったのだろう。

締め切り

（2022年8月16日）

遠藤周作さん（1923〜96年）は毎日、嫌々ながら仕事をしていたという。書き始めるまでが苦しく、「締め切りがなければ、私はいつまでも机に向かって鉛筆を削ったり、あくびをしたりして、ぐずぐずしているかもしれない」と書いている◆吉村昭さん（1927〜2006年）は締め切り日どころか、その数日前には必ず書き上げた。手元に原稿を置いておくと落ち着かず、「早くてすみませんが…」と書き添えて送った◆少年時代から身についた性分で、吉村さんは夏休みの宿題も初日から遊びもせずに5日ほどで仕上げた。その後は日記を書くだけで、のんびり過ごしたという。性分とは、まさに十人十色で面白い◆行動制限のない夏休み。8月も後半に入ったが、遊び回って宿題を積み残してはいないだろうか。読書感想文や自由研究、図画工作など時間がかかる課題もあり、遠藤さんタイプはそろそろ本腰を入れなければ間に合わない。一方、吉村さんタイプは余裕の笑顔か◆2人のエッセーは『〆切本』（左右社）に収録されている。『〆切本2』も出版され、多くの作家が締め切りにまつわる悲喜こもごもを披露している。著名な作家も悩まされたと知ればちょっと安心してしまうが、宿題は余裕を持って済ませたほうがいい。吉村さんに倣って早めのお節介な忠告である。

締め切りに間に合わなかった経験はない。小心者で、心配性の部類である。早くかたずけないと気持ちは落ち着かず、とにかく目途を付けるまでは急いで取り組んだ。間違いなく吉村昭さん派の身としては、遠藤周作さん派の同僚が締め切りを過ぎてもどっしり構えていられるのが不思議であり、うらやましくもあった。

夏休みの宿題も始まってから数日は「夏の友」に向かっていた。早めにしないと気が済まない性分を知っている家族からは「夏の知ちゃんやね」とダジャレでからかわれたものである。ただ、図画や工作は苦手で、それは後回し。気になってはいるものの、隅っこに追いやって遊びほうける。夏休みが残り数日になった頃、ようやく重い腰を上げるといった具合だった。結局、すべての宿題が終わるのは8月31日である。

戦いでは〈拙速は巧遅に勝る〉ともいわれる。スタートダッシュが勝敗の決め手であり、もたもたしていては勝ち目がないということだろう。でも、原稿も宿題も締め切りに間に合えばいい。拙いよりも、巧みな仕上がりの方がいいに決まっている。早く出した原稿は「書き直し」とデスクから突き返され、締め切りを大幅に過ぎていく。それでも、なぜか間に合う。締め切りを設定する側にも遠藤タイプと吉村タイプがいる。

寅さん銀幕デビュー

（2022年8月27日）

映画『男はつらいよ』の寅さんはトラブルを巻き起こす。おいちゃんから叱られ、「それを言っちゃあ、おしまいよ」と家を出る。山田洋次監督が寅さんの言動について語っている◆寅さんは確かにけんかをする。でも、究極的にはみんなが穏やかな笑顔で平和に暮らすのが一番いいと知っている。そのために約束事をわきまえているから、痛くないように殴っているし、言ってはいけない悪口は言わない。絶対に相手を傷つけないけんかをしている、と◆現実の世界では、さまざまな争いが起きている。ウクライナ侵攻のように命を奪う戦争をはじめ、テロ行為や差別意識からの憎悪犯罪、ネット上の誹謗中傷など、寅さんがわきまえていた約束事を忘れてしまった事象が絶えない◆先日の社会面には、列車内で「マスクをしていない」と腹を立てた男が鳥栖市の女性を殴った疑いで逮捕されたという記事が載っていた。いらだち、ぎすぎすしていたコロナ禍の空気も和らいだと感じていたが、ゆとりをなくした不寛容な事案はまだ起きている◆『男はつらいよ』第1作の公開は1969年8月27日で、きょうは寅さんが銀幕に姿を現した記念日。許せなかったり、さげすんだりする気持ちは誰にでも潜んでいるかもしれない。もたげようとした時は「それを言っちゃあ…」と冷静に抑えたい。

「寅さんの話を書きたくなる時は、気持ちが沈んでいる時だよ」と先輩記者が言っていた。そうとばかりは言えないだろうが、映画を見ると、沈んでいても、ストレスがたまっていても気持ちが和み、「あしたから、また頑張ろう」という気分になる。

渥美清さんが歌う主題歌「男はつらいよ」（作詞・星野哲郎、作曲・山本直純）もいい。お気に入りは2番の歌詞。♪ドブに落ちても根のある奴は　いつかは蓮《はちす》の花と咲く〜。思うように花を咲かせることができなくても、根だけは枯らさないように踏ん張れば、いつか必ず、と思えてくる。この歌詞が胸にしみるのは、やはり先輩の推察は正しいのかもしれない。

紙面に載った数日後、高齢の女性から手紙をいただいた。亡くなったご主人と全作品を見たそうで、「記念に買っていた寅さんの絵はがきが何枚も手元にある。そのうちの一枚です」と同封されていた。気持ちが沈んだ時も、楽しい時も夫婦一緒に寅さんを見て、頑張ってこられたのだろう。寅さんが好きな人に悪い人はいないと思っている。

四角い時間と丸い時間

（2022年8月29日）

時間を盗まれ、あくせく働く人々を少女が救う長編小説『モモ』。きのうは作者ミヒャエル・エンデ（1929～95年）が亡くなった日で、乱雑な本棚から取り出してみた◆街はずれの円形劇場の廃墟に迷い込んだ少女モモは貧しい人の話に耳を傾け、みんなの心を穏やかにする。そこに「灰色の男」が忍び寄り、操られた人々は時間を倹約して追い立てられるように生きる◆時間とは何かを問いかける物語だが、コロナ下の日常も時間について考えさせる。自由に動ける時間は制約を受け、ようやく収まったかと思えば再拡大の繰り返し。現在は長い「第7波」の中にあるが、それでも時間を奪われたわけではない◆東京藝術大の日比野克彦学長が時間をテーマにエッセーを書いていた。1時間は60分、1分は60秒。前にしか進まないきっちりした「四角い時間」に対し、人や物に接すると長く感じたり、短く感じたり、過去を振り返ったり、未来に思いをはせたりする。そうした柔軟性のある時間を「丸い時間」と表現する◆どちらも必要な時間の感覚。日比野さんは、在宅と勤務という相反するものが共存した在宅勤務のように、これからは二つの時間の「いいとこどり」を求めていくだろうと述べていた。コロナ下でも充実して過ごせるように、四角い時間と丸い時間を意識してみたい。

相対性理論のアインシュタインは1922（大正11）年11月に来日し、全国10カ所で講演した。最後の講演となった福岡の会場には九州各地から3000人が集まり、熱烈な歓迎だった。〈惚れて通えば千里が一里〉。当時は、これに続けて〈ぬしを待つ間のこの長さ　おやまあ相対性ですね〉と俗謡が歌われたという。

時間に対する感覚は不思議である。「テレビでも見て、じっとしていろ」と言われれば、その時間はとても長く感じる。久々の休みに「テレビでも見て、ゆっくりしようか」と思えば、気づくと日暮れになっている。心のありようで時間は長くも、短くも感じる。誰にも等しく流れる時間だが、どう使うかは一人一人の気持ち次第である。

新型コロナの感染拡大で、自由な行動が制限された。あの頃は計画通りに時間を使えず、社会全体がいらだち、ストレスをため込んでいるようでもあった。きっちりした時間の感覚に縛られている人ほどダメージは大きく、逆に「丸い時間」を持てる人は寛容さを失わず、冷静に対処しているように思えた。

アインシュタインはこんな言葉を残している。〈私は先のことなど考えたことがありません。すぐに来てしまうのですから〉。時間に対しては、これくらいの感覚で向き合うのがちょうどいいのかもしれない。

エリザベス女王の国葬（2022年9月20日）

サッカーの元イングランド代表デービッド・ベッカムさんは真夜中から12時間以上、市民と一緒に行列に並んだ。14日から国葬当日の朝まで行われたエリザベス女王の一般弔問。ピーク時には待ち時間が24時間を超えるほど、多くの市民が訪れた◆2003年に大英帝国勲功章を受けたベッカムさんは「人生で女王と会話ができたのは幸運だった」と話している。一人の市民として列に並び、最後の別れをすることが感謝と敬意の表し方だったのだろう◆人柄があるように、国柄がある。安置されたひつぎ、それを囲んで守り番を務める女王の近親者、静かに祈りをささげる市民。日本でも報道が続いたが、厳粛でありながら優しさに包まれた空気が伝わってくるようで、伝統と風格を備えた英国の国柄を感じさせた◆王室ゆかりのウェストミンスター寺院で執り行われた昨日の国葬も厳かだった。天皇、皇后両陛下をはじめ、各国の元首や首脳らが参列。英国にとどまらず、世界の人たちが生中継を視聴して別れの時間を共有した。国葬とはこうした儀式をいうのだろう◆王室と比べようもないのは分かっているが、どうしても賛否が交錯したままの日本の国葬が頭に浮かぶ。必要な説明や手続きを省いてしまった政府の拙速、政治不信の現状が際立つようで、世界にどう映るかが気にかかる。

エリザベス女王の死去は日本の、世界の注目を集めた。厳粛な国葬のテレビ中継を見ていると、もう一人の英国を代表する女性、マーガレット・サッチャー元首相（1925〜2013年）が頭に浮かんだ。

二人は誕生日が半年ほどしか離れていない。サッチャー氏が女性初の首相に就任したのは1975年5月。以来、3期11年にわたって二人の関わりは続いたが、打ち解けた関係ではなかったといわれる。のちに「鉄の女」と呼ばれるサッチャー氏の強さがそうさせたのかもしれないが、王室に対しては敬意を示しており、回顧録には「マスコミはバッキンガム宮殿とダウニング街（首相官邸）との間に確執があると書きたくて仕方がなかったらしい。政府の仕事に対する女王の態度は、全く正しいものだったと感心している」と書き残した。サッチャー氏の葬儀には異例ではあったが、エリザベス女王が参列している。

福祉を切り捨てた〝ミルク泥棒〟などの批判もあり、サッチャー氏の政策評価は分かれるだろうが、英国をまとめ上げたのは確かである。映画『マーガレット・サッチャー』で、政治家時代を振り返る台詞が印象深い。「あの頃は何をするかが重要だった。今は力を得ることが優先している」。英国にとどまらず、日本にも耳の痛い政治家がいそうである。

「私の死亡記事」

（2022年9月21日）

文藝春秋が編集した『私の死亡記事』。作家や俳優、政治家など、各界の著名人が死を想定して自分自身の死亡記事を書いている。何歳でどんな死に方をしたか、残した業績、世間の評判…。それぞれが「わが人生」を顧みている◆元プロボクサーのガッツ石松さんは輝かしい戦歴や「ガッツポーズ」の生みの親であること、俳優としての足跡などを空想も交えてつづっている。最期については〈枕元には「わが人生に悔いなし。ああ、鈴木有二に戻れる」と書かれた書き付けが残されていた〉と◆外からはうかがい知れない重荷を背負っていたり、印象とは違った一面が見えたり。それぞれの「死亡記事」を読んでいると、死について思うことは生き方を考えることだと気づかされる。自分なら、どう書くだろうか◆彼岸に入り、朝晩は過ごしやすくなった。あす23日は「秋分の日」。先祖を供養するとともに、近況を報告してこれからの生き方について考える機会でもある。希望を交え、「元気に頑張りますから見守ってください」と手を合わせたい。きっと、ご先祖さまは励ましてくれるはずである◆世間に認められた功績はなく、今後も死亡記事が載るような人生は送れそうにない。多くの人は同じだろうが、自分で書くならば「わが人生に悔いなし」と記せるように過ごしていきたい。

雑誌編集者の柔軟な発想は学ぶべき点が多い。生存している人に自分の死亡記事を書いてもらおうという企画は新聞の編集者ではなかなか思いつかないのではないだろうか。執筆の依頼に当たっては「不謹慎だとお叱りを受けるかもしれませんが、けっして興味本位からのものではないことをご推察いただければと存じます。死を考えることは生を考えることです」と各界の著名人に手紙を送ったという。

2004年に出版された文庫本には112人の「死亡記事」が載っている。自分のことをこんな風に見ているのか、こんな風に見てほしいと思っているのか。テレビや著書などで感じている通りの人もいれば、違った一面を見せる人もいて楽しい読み物になっている。

エッセイストの阿川佐和子さんは気さくで、さばさばとしたイメージ通りの人のようだ。歯切れのいい文章でつづっている。首にタオルを巻き、Tシャツだぼだぼズボン姿のまま、ベッドで仰向けに横たわっていたと死亡時の状況を描写。テレビに登場した頃は「ポスト吉永小百合か、オードリー・ヘップバーンの再来か」と騒がれ、言い寄る男性は後を絶たなかったという伝説が残っているが、とうとう最後まで独身を通したと書いている。現実の阿川さんは2017年に結婚したと報道された。予想通りにはならないのが人生である。

追悼演説

（2022年10月13日）

社会党委員長だった浅沼稲次郎は1960（昭和35）年10月12日、東京・日比谷公会堂で演説しているさなかに刺殺された。事件から6日後の臨時国会冒頭、凶行の現場にも居合わせた池田勇人首相が追悼演説に立った◆「私は、だれに向かって論争を挑めばよいのでありましょうか」。よごれた服にボロカバン。「大衆への奉仕」を信条とし、全国を駆け回った〝政敵〟の政治姿勢に触れながら突然の死を悼んだ◆主義・主張は相いれなくても、政治家として認め合った2人の関係性が伝わる演説は多くの人の心に響いたという。当時の政治状況は知らないが、与野党が論戦を繰り広げ、互いに存在感を示していたのではないかと感じる◆参院選の演説中に銃撃された安倍晋三元首相の追悼演説がようやく月内にも行われる見通しになった。一時、自民党議員の名前が挙がっていたが、立憲民主党の野田佳彦元首相に決まった。国葬に対しては賛否が割れただけに、仲間内からよりも、やはり論戦を展開した相手がふさわしいだろう◆2012年11月の緊迫した党首討論の場面がよみがえる。当時は野党だった自民党総裁の安倍氏が衆院解散・総選挙を迫ると、首相の野田氏は条件として定数削減など「身を切る改革」を突きつけた。与野党の在り方も考えながら、追悼の言葉を聞こうと思う。

浅沼稲次郎の追悼演説は『弔辞　劇的な人生を送る言葉』（文春新書）から引いた。池田勇人は故人の友人がうたったという詩を紹介している。〈沼は演説百姓よ　よごれた服にボロカバン　きょうは本所の公会堂　あすは京都の辻の寺〉。浅沼は「演説こそは大衆運動三十年の私の唯一の武器だ。これが私の党に尽くす道である」と語っていたという。

安倍晋三元首相が参院選で演説しているさなかに銃撃され、野田佳彦元首相が追悼演説に立った。その演説は主義・主張の枠を超え、胸に響く内容だった。「政治家の握るマイクは、単なる言葉を通す道具ではありません。人々の暮らしや命がかかっています。マイクを握り、日本の未来について前を向いて訴えている時に、後ろから襲われた無念さはいかばかりであったか」と暴挙に対する憤りをあらわにした。

二人は浅沼―池田と同じような関係だったのだろう。野田氏は「私にとっては仇《かたき》のような政敵でした」と述べ、激しく言葉をぶつけ合った思い出を振り返った。印象深かったのは体調を崩した安倍氏について、聴衆の前で「総理大臣たるには胆力が必要だ。途中でお腹が痛くなってはだめだ」と口走ってしまったことへの後悔。「語るも恥ずかしい大失言」と謝罪した。昨今の国会論戦を見ていると、言葉の重みを知る政治家が少なくなった気がする。

松本清張没後30年

（2022年10月17日）

社会派推理小説ブームを巻き起こした作家の松本清張（1909〜92年）。今年は没後30年で、特集記事などを目にする。本紙「ひろば」欄にも清張ファンが魅力をつづった文章を寄せていた◆清張は朝鮮半島に出征し、両親と妻子は妻の出身地である神埼に身を寄せた。見渡す限りの田んぼ、いくつもの掘割、普通のカラスとは異なった鳴き方をするカチガラス…。終戦で戻った清張は神埼の風景や農家の暮らしぶりについて、自叙伝『半生の記』に書きとめている◆勤めていた小倉（北九州市）の新聞社に復職したが、特段の仕事もなく、生活は苦しかった。そんな時、神埼の農家が作っていたわらぼうきに目をつけ、仲買のアルバイトで生計を立てた。「利幅はうすかったが、数がまとまっているので飢餓を突破するだけの収入にはなった」という◆清張は40年余りの作家生活で千編に及ぶ作品を描いた。小説にとどまらず、評伝や古代史、現代史など幅広い領域にテーマを広げ、心の奥底、社会の闇に迫って多くのファンを得た。「戦後日本文学の巨人」とも称される作家の人生に、佐賀が絡んでいたと思えばうれしくもある◆清張が復員したのは45年10月で、農家の軒にはわらが山積みされていた。ちょうどこの時季の佐賀平野を歩いたのだろう。秋の夜長、清張作品に触れてみたい。

松本清張の没後30年を迎え、新聞各紙が特集を組んでいた。折を見て取り上げようと思っていたが、推理小説はあまり読んだこともなく、手つかずになっていた。何か題材はないかと考えていると、清張と佐賀の関係について触れた記事を読んだ記憶が浮かんだ。いろいろ調べてみると、行きついたのはずいぶん前の「有明抄」だった。（酒）の署名で長く担当されていた大先輩の酒井民雄さんが「ワラぼうき」と題して書いていた。

そこを端緒に『半生の記』を読み、今では見かけなくなった稲こづみの季節に合わせて書いた。間違いや「盗用」にならないように孫引きはせず、原典に当たるのが基本である、ただ、毎日、書いていると、どこかで読んだ文章が記憶にあり、知らず知らずのうちに似通ってしまっているのではないかと、不安になるときがある。そうならないように可能な限り調べ、出典を明らかにする。身内のよしみでヒントだけを拝借した（酒）さんには申し訳ないと思いつつ、出典に行きついた経緯は省かせてもらった。

※酒井民雄さんは2024年5月、81歳で亡くなった。職場に電話がかかってきて「もっと自由に、思い切って書け」と叱られたのが最後の会話になった。

案山子

（２０２２年10月31日）

都会で暮らす弟なのか、妹なのか。さだまさしさんのヒット曲「案山子」（１９７７年）は田んぼにぽつんと立つかかしに思いを重ね、兄が〈寂しかないか　お金はあるか　今度いつ帰る〉と静かに語りかける◆かかしは鳥獣が田畑に寄ってこないように、竹やわらなどで作った人形。辞書には獣肉などを焼いて串に刺し、臭いを嗅《か》がせて鳥獣を退散させたもので「嗅がしの意か」ともある。作物を守るため、昔から農家が知恵を絞ったのだろう◆最近はあまり見かけなくなったが、紙面に載った写真を見て、秋晴れのきのう佐賀市大和町の松梅地区を歩いた。収穫が終わった田んぼで稲を積む農家、道端で語らう女性、広場でゴム跳びをする子どもたち。さまざまな〝村人〟のかかしがあちらこちらに立っている◆地区のまちづくり協議会が開いている「松梅かかし村」と題したイベント（11月23日まで）。山あいの風景を楽しみながら、散策してもらおうと3年ぶりに復活させた。懐かしい昭和の農村が再現され、ＳＮＳ（交流サイト）でも話題になっているという◆さださんが歌った「案山子」とは違い、ユーモラスで、にぎやかな声が聞こえてきそうな出来栄えである。同様の取り組みはほかの地域でも。鳥獣を追い払うためのかかしが役目を変えて人を引き寄せ、地域を明るくしている。

さだまさしさんは歌について、「薬屋さんが作る薬と同じだ」と語っている。誰かのためになってほしいという願いを込め、きっと誰かのためになっていると信じている、と。「案山子」はさだまさんが弟と一緒に電車に乗っていた時、車窓から見た景色に着想を得たという。雪が降る中、ぽつんと案山子が立っており、都会での一人暮らしの経験などが重なった。巣立っていった子にとっても、送り出した親にとっても胸に沁みる曲であり、多くの人のためになったに違いない。

たんぼや畑にぽつんと立つ案山子はほとんど見かけなくなった。鳥獣被害がなくなったわけではなく、案山子ぐらいでは防げなくなっている。以前、見かけたのは麦畑にずらりと立てられた真っ黒い旗。何十本も並んだ旗は不気味でもあり、危ない団体の仕業ではないかと疑ってしまうような光景だった。役所に尋ねると、カモ対策で、さまざまな手法を試しているという。

鳥は人間が思っている以上に賢く、いったんは逃げても危害を及ぼさないと分かれば戻ってくる。手をかえ品をかえて対策を練るしかないようだが、真っ黒い旗では切ない歌は生まれない。すぐに見破られてしまう案山子は役目を果たせず、姿を消していくのだろうか。

でっかい夢

（2022年11月15日）

大きくなったら何になりたい？　と聞かれて「ぼく」は答える。〈いいひとになりたい〉。大人はもっとでっかい夢があるだろうと言うが、〈えらくならなくていい　かねもちにならなくていい　いいひとになるのがぼくのゆめ　と　くちにださずにぼくはおもう〉。谷川俊太郎さんの詩「ぼくのゆめ」の一節である◆本紙に載っている「みんなの夢」には野球選手やサッカー選手、看護師やパティシエなど、いろんな職業が並んでいる。プロゲーマーやユーチューバーなど昔はなかった夢もある。そんな具体的な職業に交じって「人に優しくできる人」「頼られる人」と書いている子もいる◆いい人、優しい人になりたいという夢はでっかくないのか。社会のありようをみると、それは簡単ではない大きな夢に思える。どんな職業に就いたとしても、子どもたちが心優しく成長すれば暮らしやすい社会になる◆きょう15日は「七五三」。鬼が宿で休み、出歩かないため、災難に遭わないとされる。今は休日に合わせてお宮参りをする家庭も多いようだが、健やかな成長を願う気持ちに変わりはない。先週もはかま姿の男の子が3世代そろってお参りする様子を目にした◆子どもたち一人一人に夢がある。好きな仕事に就き、いい人、優しい人になる「でっかい夢」がかなえられる社会であればいい。

優しい人であり続けるのは難しい。優しさは人の憂いと書くように、悲しみに寄り添う心だろうが、自分の心にゆとりがなければ他人の憂いを受け止めることは難しい。

谷川俊太郎さんがエッセーに書き留めている。「ゆとりとはまず何よりも空間のことである。ラッシュアワーの満員電車のように、心がぎゅうづめになっていてはゆとりはもてないだろう」。心に詰まっているものが欲であれ、感情であれ、思考であれ、信仰であれ、動かすことのできる空間が必要だという。それがなければ息が詰まり、動かずに凝り固まった心はいきいきせず、他の心と交流できないと指摘する。

「人に優しくできる人になりたい」という夢を持つ子は、心の空間をしっかりと持っているのだろう。成長して社会に出ると、いろんなものが詰まってきて、ゆとりを失うときもある。自分を振り返り、詰まったものを少し取り除いて動けるようにすれば、優しさを保てるのではないだろうか。

谷川さんは「ゆとりの有る無しで人を判断するとしたら、それは他の基準による判断よりもずっと深いものであり得る。その判断もまたゆとりあるものであってほしいけれども」と述べている。ぎゅうぎゅう詰めになってはいないか、胸に手を当ててみる。

ハルウララ

（2022年11月17日）

テレビで懐かしい姿を見た。高知競馬で1勝もできずに負け続けた競走馬「ハルウララ」。現在は千葉県の牧場で飼育され、スマホ向けゲーム「ウマ娘」の影響で若い見学者が増えているという◆ハルウララの初出走は1998年11月17日で、きょうはデビューした日でもある。そこから2004年8月の最後のレースまで連戦連敗。トップ騎手の武豊さんが騎乗しても勝てず、最終成績は113戦0勝だった。負け続けて人気を集めた競走馬である◆話題になったのは03年夏ごろから。日本経済はバブル崩壊後、厳しい状況が続いていた。負けても負けても走る姿に「リストラ時代の対抗馬」「負け組の星」と注目された。勝ってこその競走馬だろうが、社会の空気が重なって希望の象徴になった◆ウマ娘の公式サイトを見ると、ハルウララは「才能はないが、決してくじけないウマ娘」とある。ゲームの知識は全くないが、実在の競走馬を擬人化しているそうで、勝てなくても元気を与える設定なのだろう。優秀な人は必要だが、才能がなくても頑張る人は大切だと思えば、わが身を慰め、言い聞かせているようでもある◆ハルウララは人間でいえば80歳ぐらいになったという。現役時代は愚直に走った。それで十分。あとは穏やかに過ごせる。これも、わが身に言い聞かせているような…。

最初に名前を覚えた競走馬はハイセイコーだった。1972（昭和47）年に大井競馬場でデビューし、翌年には中央競馬に移籍した。「地方競馬の怪物」として話題を集め、連勝を重ねて競馬ブームの立役者となった。小学生の頃であり、競馬などに関心はない。名前を知ったのは、引退時に大ヒットした歌『さらばハイセイコー』である。

競馬を愛した劇作家の寺山修司（1935〜83年）はハイセイコーの詩を書いている。「ふりむくと、一人の○○が立っている」のフレーズが繰り返される。○○には失業者、酒場の女、親不孝な運転手、出前持ちなど市井の人々が登場し、ハイセイコーとの関わりがつづられる。終盤には「ふりむくな　うしろには夢がない　ハイセイコーがいなくなっても　すべてのレースは終わるわけじゃない　人生という名の競馬場には次のレースをまちかまえている百万頭の名もないハイセイコーの群れが朝焼けの中で追い切りをしている地響きが聞こえてくる」と書いた。

ハイセイコーは勝利を重ねて愛された。ハルウララは名もないハイセイコーの群れの一頭でしかなかったが、同じように愛された。馬券は一度も買ったことがないが、人間社会を見ているようで、「競馬は人生の縮図」といわれるのは分かる気がする。

冬至の「ん」

（2022年12月22日）

きょう22日は二十四節気の一つ「冬至」。一年のうちで太陽が最も低く、昼が短くて夜が長い日。ゆず湯につかり、「冬至かぼちゃ」や「冬至がゆ（小豆がゆ）」を食べる風習が各地にある◆俳人の金子兜太さん（1919〜2018年）はゆず湯に入ると、浮いているゆずが太陽に見えたという。「太陽への憧れ」がこんな風習を生んだのではないかと思いを巡らせ、「太陽といっしょの入浴とは、まことに明るい」と書いている。確かに、暖かい日差しを注いでくれる太陽への憧れが膨らむ季節である◆金子さんの郷里は埼玉県の秩父盆地で、冬至の夜には「けんちん汁」を食べていた。ほかの地方にもなんきん（かぼちゃ）やれんこん、ぎんなん、きんかんなど「ん」が二つ重なった物を食べる風習があることに触れ、「運」を願っていたに違いないと推察している◆冬至は「一陽来復」で、冬が終わって春が来ること。悪い事が続いた後に、ようやく回復へ向かうという意味もある。ことし一年を振り返ると、ロシアによるウクライナ侵攻や物価高騰、長引く新型コロナの感染など、厳しい状況が続いた。例年以上に運を願いたくなる年の瀬である◆ゆず湯に太陽への憧れを抱き、「ん」の付く食べ物で運を呼び込む。新しい年まであと10日。気持ちを引き締め、もうひと踏ん張りである。

年末になると、大型書店の手帳コーナーに行く。大きさ、デザイン、日曜始まりや月曜始まりなど、さまざまな種類の商品が並んでいる。何でもスマホでできる時代になっても、手帳の需要は高いようだ。計画的に仕事をこなすには必需品であり、毎年、使い慣れた大判のスケジュール帳を買っていた。

新しい手帳を手にすると気持ちも新たになった。最初に書き込むのは二十四節気。季節感はコラムの大事な要素であり、年によって日付がずれる節気もあるため、1月の「小寒」から12月の「冬至」まで間違いのないように確かめながら記入していた。「春分」や「秋分」のように休みの日もあるが、ほかは気づかないうちに過ぎてしまう。昔は暮らしの近くにあった節気は、ずいぶんと遠ざかってしまった。そんな節気の中でも「冬至」の文化はまだ残っている方だろう。かぼちゃを食べたり、ゆず湯に入ったり。1年が終わろうとするなかで、新年に向けて運をつけたいと願う。

金子兜太さんは伝統的な形式にとらわれない、自由な俳句の境地を開いた。戦争の悲惨さや社会問題を題材にした句も多い。ロシアによるウクライナ侵攻が始まったこの年、金子さんなら一陽来復の冬至にどんな反戦・平和の句を詠んだだろうか。

うちの郷土料理

（2022年12月27日）

農林水産省のウェブサイトに「うちの郷土料理～次世代に伝えたい大切な味」が載っている。都道府県ごとにいろんな料理が収載され、佐賀県の郷土料理も並んでいる◆名称の響きに懐かしい思いがするのは「つんきーだご汁」。つんきーは「ちぎる」の方言で、「ねばだごじゅ」「ひらひぼ汁」など地域によって呼び名が異なる。麦作が盛んな佐賀県ではコメが少なかった時代の代用品で、朝から日暮れまで忙しかった農家では間食や夜食として食べられていたと解説されている◆同じ県内なのに、初めて目にする料理も多い。唐津市周辺から福岡県にまたがって伝承されている「だぶ」。写真を見ると、鶏肉と季節の野菜を入れた煮物のようだ。煮崩れしない具材を使い、水をたっぷり入れて「ざぶざぶ」と調理。「ざぶ」がなまって「だぶ」になったという◆有田町の郷土料理には「ゆきのつゆ」がある。大みそかに行われる陶山神社の「有田碗灯」の際に食べるという。大根おろしが入った雑煮のような料理だろうか。ほかにも「がめ煮」や「くちぞこの煮つけ」など、多彩な料理が伝わっている◆新型コロナの感染は収まらないが、年末年始の行動制限はなく、子や孫たちが帰省する家庭も多いだろう。おせち料理に懐かしい「うちの郷土料理」を加え、次の世代に伝えていければいい。

アイドルグループのテレビ番組はほとんど見ないが、「ザ!鉄腕DASH」は長年、日曜夜の楽しみになっている。廃棄される食べ物をもらって料理を作る「0円食堂」や原発事故の被害を受けた福島県でのコメ作り、外来生物を捕獲して活用策を探す「グリル厄介」など、社会の課題解決につながる取り組みが興味深い。テレビは一過性の企画が多いなかで、長く継続しているところもいい。

農林水産省の「うちの郷土料理」はこの番組の企画で知った。地元の人たちに郷土料理を尋ねて回り、リストには載っていない、地域ならではは料理を探す。初めて知る料理がほとんどで、日本の食文化の豊かさに触れることができる。

うちの郷土料理は何だろうかと考えてみる。「くちぞこの煮つけ」は頻繁に出てきたが、飽きもせずに食べていた。お祝い事には「須古ずし」。ムツゴロウのかば焼きが具材として使われていたが、今では希少な魚になってしまった。どちらも、農水省のリストに掲載されている「うちの郷土料理」である。連れ合いは唐津地区の生まれで、くちぞこやムツゴロウ、ワラスボなど有明海の特産はグロテスクだと言って、どんなに薦めても口にしない。郷土料理は地元の人が「伝えたい大切な味」と思っていれば、それでいいのかもしれない。

ウサギ汁

（2023年1月5日）

卯年の初めに心苦しいが、唐津市の農民作家山下惣一さん（1936〜2022年）が「ウサギ汁」の思い出を書いている。小学5年生だった寒い冬の日、かわいがっていたウサギが食べられてしまった話である◆終戦から2年目の食糧難の時代、学校から帰ると、育てていたウサギがいなくなっていた。夜の食卓にはウサギ汁。山下さんは泣いて抗議したが、父は「嫌なら食うな」のひと言。ふてくされて布団に入ったものの、腹が減って眠れず、夜中にこっそり食べたウサギ汁が実においしかったという◆最初から食用と思っていれば口にできるが、山下さんのウサギのようにかわいがった動物には抵抗感を抱く。でも、「命をいただく」という行為に違いはない。だからこそ、食べ物はすべて粗末にしてはいけないと、山下さんは説き続けた◆ウクライナ侵攻の影響もあって物価高騰が続いている。食料品も値上げが相次いだが、「正月くらいは少しぜいたくに」と買い込んだ食材が冷蔵庫に残ってはいないだろうか。食品廃棄の削減は重要な課題であり、消費期限や賞味期限を確かめたい。無駄にしないように、残り物で済ませる日があっていい◆山下さんのような実体験を持てる時代ではないが、食べ物の大切さは心に留めておきたい。高かろうが、安かろうが、粗末にしてはいけない。

田舎ではコンビニがまだ珍しかった頃、実家の近くに大手のコンビニが開店した。近所はちょっとしたお祭り騒ぎである。物見遊山で出かけた祖母は鮭のシールが貼られたおにぎりを買ってきた。袋を開けると、「あれ、おにぎりじゃないの」ときょとんとしている。三角形の黒い容器に入った鮭のふりかけと思って買ってきたらしい。明治生まれの祖母は店でおにぎりが売っているなど考えもしなかった。家族で大笑いである。

水やお茶と同じように、おにぎりは店で買うものではなかったが、今は普通に買っている。そんな時代だから、工場で作ったコンビニのおにぎりは食べられても、だれが握ったか分からない手作りのおにぎりは食べられない子どもがいるという。おにぎりを作らせると、握った経験がないため、力の加減が分からずに困惑する子もいるそうだ。

山下惣一さんは「身土不二」を説いた。身と土、二つにあらず—。身体と土地は一体であり、その土地のものを食べて暮らすのがいいとする教えである。農業県といわれる佐賀でも「地産地消」の実践は難しく、生産現場との距離も広がっている。食べ物は何でも買えると思いがちで、つい食べ物のありがたさを忘れる。「粗末にしてはいけない」と思うが、奥を探せば賞味期限切れが見つかるわが家の冷蔵庫である。

美しい年齢

（2023年1月9日）

旅とは何か。国語辞書『大言海』は〈家ヲ出デテ、遠キニ行キ、途中ニアルコト〉と定義している。作家の沢木耕太郎さんは『旅する力』に「もっとも的を射たもののように思われる」と書いている。途上にあることで「人生は旅に似ている」「旅は人生のようだ」という認識が生まれてくる、と◆沢木さんは同著でフランスの作家ポール・ニザンの有名な一節に触れている。「僕は二十歳だった。それが人の一生でいちばん美しい年齢だなどと誰にも言わせまい」。この一文に若者は魅了され、熱病のように広まったという◆なぜ、美しい年齢ではないのか。「一歩足を踏みはずせば、いっさいが若者をだめにしてしまうのだ。恋愛も思想も家族を失うことも、大人たちの仲間に入ることも。世の中でおのれがどんな役割を果たしているのか知るのは辛いことだ」と続く◆きょう9日は「成人の日」。民法改正で成人年齢は18歳に引き下げられたが、18歳であれ、20歳であれ、あふれる希望の一方で、確たる自信を持てず、将来に不安を覚えて揺れ動く。社会の状況は変わっても、その不安定さは昔も今も同じだろう。遠く過ぎてしまうと、それこそが美しく思えるのだが…◆希望と不安を抱え、大人の旅が新たに始まる。どんな旅になるかは分からない。「途上にあること」を存分に楽しんで。

勉強するでもなく、遊びほうけるわけでもなく、何となく学生生活を過ごしていた。アルバイトの休みが取れず、成人式には出なかったが、大人の仲間入りにさしたる意義も感じていなかった。そんな具合だから、20歳が「人の一生でいちばん美しい年齢」だとは思わないが、自由と不安が入り混じった状態は長年の会社勤めを終え、還暦を迎えた現在と似ているようにも感じる。

人生と旅を重ねるのはあまりに使い古された例えではあるが、いつ終わるか分からない果てしない旅であるのは確かだろう。最後になって、「あの時はよかった」「あの場所はよかった」と思えるのであって、途上にあるときには分からない。「もっといいところがある」と感じる人もいれば、「ここから動きたくない」と思う人もいる。それでも、旅は続けるしかない。

医師で作家の鎌田實さんが実業家の稲盛和夫さん（1932〜2022年）の話を書いていた。稲盛さんは「60歳からの20年は死への準備に充てるべきです。生まれたときよりも、少しでも良き心、美しい心になって死んでいく。これが大事なのです」と語ったという。最期を迎えるときが「いちばん美しい年齢」となる旅にしたいものである。

火鉢の手形

（2023年1月20日）

作家の半藤一利さん（1930～2021年）が「埋火の記憶」と題した随想を残している。埋火は「うずみび」と読み、火鉢の中に埋めた燃え残りの炭火のこと。小学校の卒業式を間近に控え、担任の先生が語った話を紹介している◆ある大店《おおだな》で、幾つもある火鉢の灰に手形が付いているのが問題になった。気味悪がった主人が夜、こっそり見張っていると、奉公に来たばかりの少女が手形を付けて回っていた。少女はそうやって火の気がないかを確かめていたという◆当時は小学校を卒業すると、奉公に出る子も少なくなかった。先生の話に、教室のあちこちから泣き声が聞こえてきた。もうすぐ奉公に出る子たちだろう。半藤さんはその晩の木枯らしの記憶とともに、むせび泣きが忘れられないと書いていた◆きょう20日は二十四節気の最終節「大寒」で、最も寒い時季とされる。今は火鉢のある家はほとんどなく、埋火も知らない。ボタン一つで暖まる便利な生活を送っているが、寒い夜はふと半藤さんの一文を思い出す。奉公に出た子が火鉢の残り火に気を配る。そんな時代があったことは知っておきたい◆灰をかきわけると、パッと赤くなる埋火は「いけ火」ともいい、翌朝の火種になった。半藤さんの記憶にある埋火は、もの悲しさの中にも生きる希望をともしているように思える。

家に火鉢があったのは覚えている。使っていた記憶はなく、いつの間にか見なくなった。半藤一利さんは「近頃の人には『埋火』と書いても、正しく読める方はいないであろう」と随想を書き始めている。読めない読者の一人だったが、「うずみび」という言葉は妙にもの哀しい響きに思えた。半藤さんが子どもだった頃、炭に灰をかけることを「いける」といった。恐らく「埋ける」と書くのであろうと推察している。

有明抄の読者からメールをいただいた。寝る前に、祖母が火鉢の炭を始末していたのを懐かしく思い出したそうである。埋火の記憶とともに、祖父母や昔の暮らしを思い出してくれた人が一人でもいれば、雑文書きとしては何よりの喜びである。こんな反応をもらうと、気分は「いけ火」のように明るくなる。

昭和史研究で知られる半藤さんだが、「俺は昭和史だけの男じゃないんだぞ、とちょっぴり自尊心を満足させたい山ッ気が出てくるのであろう」と自己分析。この随想が収められた『歴史探偵　忘れ残りの記』は語源や言葉の変化から寅さんの年齢まで、些細なことも調べに調べ、楽しく愉快な一冊になっている。気になったことを見過ごさず、そこから広く、深く進めていく。雑誌編集者のプロ意識を感じる仕事ぶりである。

ヘップバーンの言葉

（2023年1月21日）

同業他社は競争相手だが、学びの対象でもある。記者は毎朝、他紙と読み比べて記事の書き方や見出しの付け方、レイアウトなどを学ぶ。そんな生活を送ってきた中で、記憶に残っている見出しがある◆〝麗しの妖精〟永遠の休日（1993年1月21日、朝日新聞夕刊）。映画ファンや年配の人は想像がつくだろう。オードリー・ヘップバーンの死去を伝える記事である。「ローマの休日」「麗しのサブリナ」など、主演した映画は大ヒットした◆今年は没後30年。今も多くの人の記憶に残る麗しの妖精で、人生の後半はユニセフ親善大使として世界各地の難民キャンプを訪問するなど、社会的な活動に力を尽くした。ナチス・ドイツ占領下のオランダで過ごした少女時代、飢餓に苦しんだ体験があったからだろう◆『オードリー・ヘップバーン99の言葉』（酒田真実著）を読むと、自身の戦争体験を重ね、平和を願う強い気持ちが伝わってくる。〈戦いに勝つための「戦争学」は、たくさんある。それなのに、人々が平和に暮らすための「平和学」がない。どうしてなんでしょう?〉◆平和の大切さは分かっているが、国際社会は実践できずに争っている。ヘップバーンの問いかけに、戦争を続ける為政者はどう答えるだろうか。一日も早く、誰もが穏やかな休日を過ごせるようになれればと願う。

学生時代は「ファミコン」がはやっていた。勉強はせず、本も読まなくなるのは必然。ゲームにははまらなかったが、代わりに学生の本分を阻害したのはその頃から増え始めたレンタルビデオ店だった。夜更かしして古い映画をよく見たが、「ローマの休日」のオードリー・ヘップバーンが好きだった。公開当時はグラマーな女優が人気で、スリムなヘップバーンは人気が出ないという見方もあったそうだが、大きな見立て違い。新聞記者役のグレゴリー・ペックにもあこがれた。

就職してから「なぜ新聞記者になったのか」と尋ねられると、いつもこう答えていた。「ローマの休日のグレゴリー・ペックがかっこよかったから。おかげさまで、オードリーにも出会えました」。社内結婚だったので、笑いを誘うネタになった。結婚して30年以上がたち、わが家のオードリーは王女様のような振る舞いでいろいろと言いつけてくる。

本物のオードリーは年を重ねても美しかった。年を取ってからの美しさは容姿だけでなく、社会での振る舞いが大切になる。世界に知られた女優は、その影響力を平和のための活動に生かした。麗しい生き方である。オードリーのように「永遠の休日」を迎えるまで少しは人の役に立ちたいと思いながらも、自堕落な休日を過ごすわが身が情けない。

名のみの春

（2023年2月4日）

春は名のみの風の寒さや。きょう4日は二十四節気の一つ「立春」だが、「早春賦」の歌詞のように名のみの春。北日本は〝爆弾低気圧〟で大荒れ、佐賀も朝晩は冷え込み、暦に追いつくにはもう少し時間がかかりそうだ◆詩人の吉野弘さんに「二月の小舟」という作品がある。〈冬を運び出すにしては小さすぎる舟です／春を運びこむにしても小さすぎる舟です／ですから時間がかかるでしょう／冬が春になるまでは／まだまだ時間がかかるでしょう／川の胸乳《むなぢ》がふくらむまでは〉◆「胸乳」は雪解け水で川の水面が盛り上がる様子だという。雪国ほどではないにしろ、温暖な佐賀に暮らしていても春が待ち遠しいのは変わらない。卓上のカレンダーを見ても2月は余白が目立ち、冬から春へと渡るには小さすぎる舟。吉野さんの「小さい」とみる感性に共感する◆ロシアによるウクライナ侵攻で注目された映画「ひまわり」（1970年公開）を数十年ぶりに見た。一面に広がるヒマワリ畑はウクライナで撮影された。極寒のロシア戦線で犠牲になった多くの兵士が畑の下に埋まっている様子が描かれ、鮮やかなヒマワリとの対比が印象深い◆ウクライナ侵攻は今月24日で1年になるが、終結の兆しは見えない。春を運びこむにはどれだけの時間がかかるのか。ウクライナはまだ極寒の冬。

2月のカレンダーを見ると、いつも余白が広いと感じていた。この年は28日が火曜日で最後の列は余計に空白が目立った。吉野弘さん（1926〜2014年）は数日短いこの月を小舟に見立てた。冬から春へとつなぐ2月は小さすぎる舟だと表現する。ロシアによるウクライナ侵攻が1年になろうとしていた時期であり、新聞やテレビは極寒の戦地の厳しさを伝えていた。戦禍の中にあって、寒さがどれほど身にしみるだろうか。一日も早い戦闘終結と春の訪れを願ったが、2月は平和を運び込むには小さすぎる舟だった。

吉野さんの詩は哀しさや寂しさの中にも、かすかに希望が見えるところが好きである。そんな作品の一つに「或る中年に」がある。中年の仲間入りをした頃から、社会変化のスピードについていけないと感じたり、限界を感じたりしたときにずいぶんと励まされた。

〈他人を励ますことはできても　自分を励ますことはむつかしい　だから──というべきか　しかし──というべきか　自分がまだひらく花だと思える間は　そう思うがいい　すこしの気恥ずかしさに耐え　すこしの無理をしてでも　淡い賑やか思いの中に　自分を遊ばせておくがいい〉

名のみの春も、必ず暖かい春になる。戦闘も必ず終わる時がくる。かすかな希望であっても、見失わないように自分を励ましていきたい。

バレンタインデー（2023年2月14日）

「肝っ玉かあさん」「渡る世間は鬼ばかり」など数多くのヒット作を生んだテレビプロデューサーの石井ふく子さん（96）。ドラマ制作を裏から支えているが、若い頃は女優として表舞台に立っていた。「週刊文春」の対談で、当時を振り返っている◆スポットライトを浴びるのは性に合わず、女優業は3年ほどで引退したが、いい思い出もあった。それは憧れの原節子さんとの共演。自分の出番でもないのに、ずっと撮影シーンを見学していた◆ある日、石井さんは途中で具合が悪くなり、医務室で休んでいた。そろそろ起きようとしたところ、原さんが枕元に。「いいわよ、そのままで。口を開けて」と言ってチョコレートを放り込んでくれた。感激した石井さんはそれ以来、一度もチョコレートを口にしていないそうだ◆きょうはバレンタインデー。本紙の記事には物価高による買い控えはなく、「売り上げ好調」とあった。愛情や友情、日ごろの感謝など、いろんな思いを込めて贈られるチョコレート。業界の戦略に乗せられているようでもあるが、幅広い世代に浸透したイベントである◆石井さんのように〝チョコ断ち〟をされては業界も困るだろう。思い出せば食べたくなるような甘い一日に。そんな時代はとうに過ぎたという人も「口を開けて」。義理チョコ復活の動きもあると聞く。

俳優の仲代達矢さんが週刊誌の企画で原節子さん（1920～2015年）との思い出を語っている。すでに大女優となっていた原さんの恋人役で共演。キスシーンがあり、仲代さんは緊張しまくってリハーサルに臨んだ。胸をドキドキさせてキスをしようとしたら、お付きの人から「唇は合わせないでください」と言われ、振りだけすると、監督からは「ちゃんと唇を合わせろ」と怒鳴られた。

困惑する仲代さんに、原さんは「堂々とやってよ」。撮影が終わると、「ちゃんとできるじゃないの」と言ってポーンと肩を叩かれたという。仲代さんは「映画で見る原さんとはだいぶ違って、さっぱりした人でしたね」と懐かしんでいた。

石井ふく子さんが語ったエピソードからも大女優のイメージとは違った気さくな人柄がうかがえる。ポーンと肩を叩かれた人、ポーンと口にチョコレートを放り込んでもらった人。憧れの存在との貴重な思い出は、その後の人生にとってどれだけ大きな支えになっただろうか。

バレンタインデーのチョコレート。義理チョコだと分かっていても、「そんなに嫌われてはいないんだな」と思える小さな支えにはなる。「義理チョコ復活の動き」の見出しに期待を膨らませ、口を開けて待ったが、この年、復活の義理チョコは届かなかった。

僕にとってのマドンナ

（2023年2月25日）

吉永小百合さん、浅丘ルリ子さん、大原麗子さん…。映画「男はつらいよ」には芸能界を代表する女優が寅さんのマドンナとして出演したが、監督の山田洋次さんが「僕にとってのマドンナ」を語っていた◆山田さんは戦後、満州から山口県に引き揚げてきた。生活は苦しく、ちくわを売り歩いて家計を助けたが、少しアンモニア臭がしてあまり売れなかった。ある日、駅前のおでん屋台に売りに行くと、屋台のおばさんは「売れ残ったら、いつでも持っておいでよ」と言ってくれたという。心優しいおばさんは、山田さんにとってのマドンナになった◆先日亡くなった漫画家の松本零士さん（享年85）の作品は宇宙を舞台にした壮大な物語とともに、細面の美しい女性が印象深い。「銀河鉄道999」のメーテルをはじめ、描いた女性は女優の八千草薫さんが基本的なモデルになっているという◆松本さんにとって、八千草さんは青春時代のマドンナ。ここ数日、多くの追悼記事や映像を目にしたが、モデルにしたことを本人に伝え、喜んでもらったと弾んだ声で話している映像も流れていた◆松本さんが描いた女性は多くのファンの「僕にとってのマドンナ」になっているだろう。男女を問わず、いくつになっても、心の中に「憧れの人」がいるのは幸せである。あなたにとってのマドンナは？

『男はつらいよ』の第1作でマドンナ役を演じた光本幸子さんが亡くなった際、インターネット通信会社が「歴代マドンナで、あなたが最も印象に残っているのは誰ですか？」と回答を募った。浅丘ルリ子さん、吉永小百合さん、大原麗子さんらが上位に入り、その中には八千草薫さんの名前もあった。同じような調査はほかにもあり、秋吉久美子さんや後藤久美子さんらが上位に挙がっている。それぞれに、思い出深いマドンナがいる。

「推し活」ばやりである。自分のイチオシを決め、熱烈に応援する。知人の女性は退職後、「推し」を追いかけて全国各地を旅行。夫も同行して第二の人生を楽しく過ごしている。わが家の次女も一時期、好きなアイドルのコンサートに遠方まで出かけていた。眉をひそめたくもなったが、何かに夢中になれるのは幸せである。

振り返ってみると、中高生の頃のアイドルは山口百恵さんだった。ステージにマイクを置く伝説のパフォーマンスで表舞台から去った。それ以後、メディアに露出することはなく、実に潔かった。それがまた、かっこよくて自分の中ではアイドルからマドンナになったような感覚がある。マドンナはもともと聖母マリアを指す言葉であり、「わが淑女」である。アイドルがまぶしい太陽とするなら、マドンナは夜空に浮かぶ月のイメージである。

最高評価の「さがびより」

（2023年3月2日）

指揮者の佐渡裕さんは若い頃に師事した巨匠レナード・バーンスタインの言葉がうれしかったという。「ジャガイモのような指揮者を見つけた。今はまだ泥がついているが、必ず世界中の人が毎日食べるジャガイモのようになる」。巨匠の言葉通りに、佐渡さんは世界的な指揮者として活躍している◆欧州などでは毎日食べても飽きない主食のジャガイモ。秀でた才能を見抜き、一流のうまいジャガイモに育てる。こうした人と人との出会いは「偶然」のようであり、互いの才能が引き寄せた「必然」のようでもある◆日本の主食コメの品種開発にも似たような印象を受ける。地域の生産環境に合わせ、香りや味、粘りや硬さなど、いろんな品種の長所を見極めて改良を重ねる。気候変動も問題となる中、息の長い品種を開発するには研究員の確かな目と地道な努力が欠かせない◆佐賀県のブランド米「さがびより」が日本穀物検定協会による2022年産米の食味ランキングで最高評価の「特A」に輝いた。県農業試験研究センターが1998年から開発を始め、2009年にデビュー。「特A」は10年産から13年連続の獲得となった◆研究員が秀でた力を見いだし、生産者が丹精を込めて作り続ける。佐賀県が誇るブランド米に成長した「さがびより」をきょうも飽きずに、おいしくいただく。

ＮＨＫ連続テレビ小説『虎に翼』を見ていると、何度か〈雨垂れ石を穿《うが》つ〉ということわざが出てきた。雨垂れのような小さな水滴でも、長い時間をかけて落ち続けると岩にも穴があく。あきらめずに努力すれば、成功に通じるという教えである。ドラマは、日本で初めて法曹の世界に飛び込んだ女性の実話に基づく物語。男性優位の時代の中で、道を切り開いてきた法曹たちの姿を描いている。

世の中には、雨垂れで石を穿つような仕事がある。農産物の品種開発はそんな仕事の一つに思える。交配を繰り返し、何年もかけて最善の品種をつくりだす根気のいる作業である。以前、見学した開発の現場は炊飯器がずらりと並び、いろんなコメを食べ比べて研究していた。食味だけでなく、気候風土に合うか、栽培しやすいかなど、幅広い観点から改良を重ねる。新品種は偶然のような、必然のような出会いだろうが、地道な努力のたまものである。どんなに優れた素質があっても、見つけてくれる人がいてこそ開花する。

「虎に翼」は強い者がさらに強い力を持つという意味。佐賀県のブランド米「さがびより」は長期にわたって高い評価を受けている。開発した人、栽培する農家の雨垂れのような努力に感謝し、おいしく食べ続けることで「さがびより」は「虎に翼」となっている。

WBC開幕

（2023年3月9日）

「スランプ」は一流の人だけに存在するのかもしれない。パソコンに向かっても言葉は浮かばず、不調、不出来は日常である。好調がない分、スランプという感覚もさほどない◆超一流のイチロー選手はスランプだった。2009年の第2回ワールド・ベースボール・クラシック（WBC）。日本代表は決勝へ進んだが、イチロー選手は初戦から打撃不振が続いていた。チームの支柱として重圧もあったのだろうが、それで終わらないところが千両役者である◆延長にもつれ込んだ決勝の韓国戦で値千金の勝ち越しタイムリーを放ち、優勝を引き寄せた。スランプを脱しようと、全体練習が終わった後も毎日黙々とバットを振り続けていたという。苦しむ姿を間近で見ていたチーフスコアラーの三井康浩さんは「最後に野球の神様が花を持たせてくれたのかな」と振り返っている◆第5回WBCが開幕した。日本はきょうから1次リーグに臨む。大谷翔平、ダルビッシュ有投手ら大リーガーをはじめ、三冠王の村上宗隆選手ら最高峰のメンバーがそろう。「ドリームチーム」の名に違わない戦力である◆全員の絶好調が続けばいいが、大会期間中には不調の時もあるだろう。スランプから脱した活躍を見せられるのも一流だからこそ。野球の神様が花を持たせてくれるシーンを楽しみに観戦したい。

「予想」と言えるような深い読みがあるわけではないが、何となく「予感」がする。前回大会のイチロー選手のようにスランプに陥る選手がいるのではないか。役者がそろった日本代表の活躍に期待が高まる中、そんな予感を覚えながら大会を見ていた。頭にあったのはあまりにも注目されていた大谷翔平選手。これほど期待されると、さすがに重圧に抑え込まれてしまうかもしれないと思っていたが、スランプに陥ったのは村上宗隆選手だった。

村上選手はプロ野球史上最年少の三冠王を獲得し、WBCでも中心選手として活躍するとみられていたが、1次ラウンドは4番を任されながらわずか2安打、打率1割4分3厘と不振にあえいだ。「村神様」は鳴りを潜め、交代もささやかれたが、準決勝、決勝では値千金の逆転サヨナラ打や同点打を放った。最後になって起死回生の活躍を見せるところまで前回大会のイチロー選手と重なった。

「スランプから脱した活躍を見せられるのも一流だからこそ。野球の神様が花を持たせてくれるシーンを楽しみに観戦したい」。書いた通りの展開となって、ちょっと自慢したい気分だったが、周りの同僚にさえも触れてはもらえなかった。人の目に留まるのは不出来なコラムばかりのようで、ダメ出しの声はよく聞こえてきた。

有明抄

2023年（令和5）春

▼

2024年（令和6）冬

スティング

（2023年4月11日）

ポール・ニューマンとロバート・レッドフォードが共演した映画『スティング』（1973年公開）はどんでん返しに驚き、ドキドキして見たのを覚えている。軽やかなテーマ音楽も印象的だった◆スティングは「刺す」「傷つける」などの意味だが、俗語では「だます」「ぼったくる」などを表す。映画は詐欺師とギャングが繰り広げるだまし、だまされの展開がスリリング。信用詐欺（コンゲーム）を扱った名作で、アカデミー作品賞も受けている◆現実の世界では、高齢者を狙った特殊詐欺が後を絶たない。さもしい世の中になったと感じるが、対策の一つにだまされたふりをして犯人逮捕を狙う捜査手法がある。先日の社会面に、この「だまされたふり作戦」を悪用した神奈川県の詐欺事件が載っていた◆犯人は80代の女性に長男を装って電話をかけ、金を要求。その後、警察官役が「今の電話は詐欺。犯人を逮捕するため、だまされたふりをして金を渡して」と持ちかけたという。悪知恵に限りはないようで、あきれるばかりである◆映画はだます相手がギャングだから痛快で楽しめるが、高齢者を狙えば卑劣で悪質なだけ。2022年に発生した佐賀県内のニセ電話詐欺は74件、被害額は5400万円に上った。スティングは「私は大丈夫」という油断を突いてくる。注意、怠りなく。

昼間に自宅のチャイムが鳴った。宅配便かと思って玄関に出ると、30代くらいの男性が「お気づきですか。屋根がはがれています。危ないですよ」とそれだけ言って立ち去った。はて、何だったのだろう。家人に話すと、高齢者の世帯を探し、必要のない工事を迫って高額な費用を請求する悪徳業者ではないかという。「だまされそうな高齢者には、まだ見えなかったのかもね」と笑っていた。

善良な人の心につけこむさもしい犯罪が増えている。何十万、何百万という大金をだまし取る詐欺事件は後を絶たない。これだけ注意を呼びかけられても被害が出るのは、手口が巧妙になっているからだろう。警察の「だまされたふり作戦」を悪用するに至っては、まさに『スティング』の世界である。

コラムを読んだ高齢の女性から電話がかかってきた。先日、不審な電話を受け、警察に届けたという。すると、交番の警察官が家に来て、いろいろ聞き取って帰った。そんな時に、このコラムである。女性は「あの警察官は本物だったのか心配になった」という。「連絡して来てくれたのなら本物ですよ」などと雑談していると安心したようで、「また何かあったら話を聞いてね」と頼まれた。その後、電話はなかったので、こちらも安心した。

ギャンブル依存症

（2023年4月18日）

そそっかしいサザエさんは玄関先で、通りかかった男性の顔に誤って水をかけてしまった。その後、男性は競馬で大穴を当てて大もうけ。験を担いだ男性は再び「水をかけて」と頼みにきた◆それから数日後、男性はお礼にメロンを持って訪ねてきた。サザエさんが2度目にかけたのは冷たい水ではなく、温かいお湯だった。その心遣いに感動し、途端にギャンブル熱が冷めたという。サザエさんのいつもの失敗と優しさがギャンブルの沼にはまるところを救った◆大阪府・市のカジノを中心とする統合型リゾート施設（ＩＲ）整備計画が認定された。候補地は人工島の夢洲で、２０２９年秋－冬の開業を目指す。国内初のカジノをはじめ、大規模な国際会議場などを整備する方針で、年間約２０００万人の来場者を見込んでいる◆２０２５年に開かれる大阪・関西万博が終わった後の観光拠点として期待され、経済波及効果は近畿圏で年間１兆１４００億円と試算される。一方でギャンブル依存症の不安は大きく、カジノ反対の声は根強い◆ギャンブルは適度に楽しめばストレス解消にもなるだろうが、依存症になってしまうと人生を狂わせる。湯をかけたぐらいでは治らず、本人だけでなく家族も苦しむ。ＩＲの開設に向けては、サザエさんの心遣いに代わる細やかな依存症対策が欠かせない。

『鉄道屋《ぽっぽや》』や『壬生義士伝』などで知られる作家の浅田次郎さんは大の競馬好きで、競馬予想で収入を得ていた時期もある。カジノも好きで、健康を保つための「義務」として、「権利」として年に数回はラスベガスへ行きたいというほどだが、ギャンブルを題材にエッセーを書くなど作家活動に生かしている。ギャンブル＝悪ではなく、趣味の範囲で楽しむ人がいるから、公営ギャンブルもあればＩＲ整備も認められるが、依存症に陥る事態は避けなければならない。

ギャンブル依存症は１９７０年代後半にＷＨＯ（世界保健機関）において、「病的賭博」という病気として認められた。研究が進むと、ギャンブル依存のメカニズムはアルコール依存症や薬物依存症と似ている点が多いことが分かってきたという。病気であれば、予防や治療もできるはずである。

時代劇などにも出てくるように、昔から博打に狂い、社会からはみ出してしまう人はいた。阻害されたり、さげすまされたりするが、一つの障害と分かった現代は温かく見守る目が必要だろう。サザエさんのような周囲の気遣いや支えによって、ギャンブルの沼から抜け出せる人がいるかもしれない。

スマホいじり

（2023年4月22日）

ベストセラーになった佐藤愛子さんの『九十歳。何がめでたい』は小気味のいい筆致でつづられた痛快なエッセー集。その中に、年配のタクシー運転手とスマホ談議で盛り上がる一編がある◆スマホを持っていない者同士の会話。小学生の孫に「よく生きてこられたね」と言われた運転手は「てめえが発明したわけでもないのに、えばりやがって」と愚痴をこぼす。佐藤さんは「そんなものが行き渡ると、人間はみなバカになるわ。調べたり考えたり記憶したり、努力しなくてもすぐ答えが出てくるんだもの」と世を憂う◆そんな佐藤さんが知ったら、さらに舌鋒鋭くなりそうな調査結果がある。「手持ちぶさたに端末をいじっている」と答えた人は全体で57％、10代女性では85％。NTTドコモのモバイル社会研究所がスマホや携帯電話の使用行動を調べており、「手持ちぶさたのスマホいじり」は増加傾向にあるという◆子どもにスマホを持たせるかどうか。進学や進級のこの時期、家庭では「スマホ問題」が起きると聞く。佐藤さんの懸念も分かるが、スマホは必要不可欠になっており、持たせる時期は遅かれ早かれやってくる◆今後も活用が広がるのは間違いなく、バカにならないように賢く使いこなしたい。「そんなことを言っているから駄目なのよ」と、お叱りを受けそうではあるが…。

スマホとの付き合い方は現代社会の課題の一つになっている。佐藤愛子さんの年になっていれば拒絶したままで過ごせるだろうが、これからを生きる子どもたちはそうはいかず、目まぐるしく進化するスマホを使いこなしていかなければならない。

高齢者の中にもしっかり変化に対応している人がいる。手慣れた感じで「手持ちぶさたのスマホいじり」をしている姿を見かける。「いい年をして」と思うのか、「かっこいい」と思うのか。佐藤さんの答えは明白だろうが、運転手の話をつづった一編は全面的に賛同はできないものの、実に小気味よく、情景が浮かんでくる。

「てめえの頭と身体を使って生きてみろっていってやるんですがね」「それでいて敬老の日だなんていうとね、その日だけとってつけたように饅頭かなんか買ってきて、おじいちゃん、そばまんじゅうが好きだから買ってきたのってね。そういいながら断りもなしにまっ先に食っちまうんだからね」。

卒寿を過ぎてこんなエネルギッシュな文章が書ける佐藤さんだが、エッセー集の最後の一編には「この秋には九十三歳になる私には、もうひとに勇気を与える力はなくなりました」と書いていた。それから5年後の2021年夏、『九十八歳。戦いやまず日は暮れず』（小学館）が出版された。

美しい貨幣

（2023年5月8日）

作家の出久根達郎さんがロンドン旅行の思い出をエッセーに書いている。旅の終わり、滞在中に通訳や案内などで世話になった現地の人に、ささやかなお礼として残った小銭を渡した◆異国ではお金の勘定が面倒で、買い物の際は紙幣ばかりを使っていたため、それなりの額。もらった相手は恐縮しながら硬貨をえり分け、出久根さんに10枚ほどを返した。「おみやげにしてください。ただし、良いおみやげではありません」。返されたのは使えない昔の硬貨だった。外国人とみてカモにされたわけである◆通訳は「わが国の嫌な面を見せてしまいました」としきりに謝った。出久根さんは笑って応じながらも「紳士の国がこんなまねをするのか」とショックを受けたという。嫌な思いをすれば旅は台無しで、その土地に良い印象は残らない◆新型コロナはきょうから感染症法上の位置づけが季節性インフルエンザと同じ「5類」に移行する。空港での水際措置も終了。油断は禁物だが、コロナ対策は節目を迎え、国境を越えた移動が活発になってくる◆出久根さんはその時の硬貨を見ると「汚くて醜いコイン」だと思う一方、稲穂がデザインされた5円玉など日本の硬貨を美しく感じるようになったという。佐賀空港の台湾便も復活している。美しい硬貨と、プライスレスのもてなしで迎えたい。

２００４年にカンボジアのシェムリアップを訪ねた。帰りの便が早朝だったため、夜が明けないうちにホテルをチェックアウトしなければならなかった。荷物をまとめて部屋を出ると、運び出しを手伝うために従業員が待機していたが、それが中学生くらいの女の子だった。貧しい国であり、「こんな時間から働いているのか」とかわいそうに思い、残っていた現地のお金を手渡した。チップにしてはかなり多い金額だったように記憶している。

そんなことをなぜ、覚えているのか。もらった女の子は喜んだだろうが、みっともない振る舞いだったのではないかという後悔がある。金持ちぶったわけではないが、上から恵んでやったような後味の悪さがザラっと残ったままである。やはり働きに対する正当な額のチップにすべきだった。

出久根達郎さんは別のエッセーで、現代の日本人は言葉が貧しくなったと書いていた。その中で、親切にしてくれた若い人に「はばかりさまです」と頭を下げたら、通じなかったというエピソードを紹介していた。「はばかりさま」は「恐れ入ります」と恐縮する気持ちを伝える言葉で、「おはばかり」とも言っていたという。あの時の女の子にも少しのチップと「はばかりさま」の気持ちを渡しておけばよかった。

落穂拾い

（2023年5月19日）

フランスの画家ミレーの「落ち穂拾い」（1857年制作）は、刈り入れが終わった畑に残った麦の穂を集める様子が描かれている。腰を曲げて、ひと粒、ひと粒、穂を拾う3人の農婦。後方には麦がうずたかく積まれており、地主の豊かさと農婦の貧しさを想像させる◆当時の農村社会において、落ち穂拾いは貧しい農民の権利として認められた慣行だった。旧約聖書の一節に基づき、畑の持ち主が落ち穂を残さずに収穫することは戒められていたという◆佐賀県は全国有数の麦の生産地。今季は順調に生育しているようで、二条大麦の収穫が最盛期を迎えている。きのうの本紙1面にはドローンで空撮した広大な「麦秋」の写真が載っていた。大型コンバインが一気に刈り取り、黄金色の佐賀平野は日ごとに景色を変えていく◆収穫作業が終わると、以前は麦わらの野焼きが初夏の風物詩になっていた。現在はほとんど見られない。煙による健康への影響や洗濯物に臭いがつくなどの苦情が寄せられるようになり、県やJAなどが自粛を呼びかけてきた。広報活動の効果もあって年々、焼却処分は減っている◆「落ち穂拾い」や「野焼き」には郷愁を誘う響きがあるが、豊かな時代になり、環境保全の意識も広がっている。社会の進展に合わせて形を変えながら、連綿と続く農村の営みである。

自宅近くの田んぼ道を散歩するのが日課になっている。5月から6月、佐賀平野の風景の変わりようは、他所では見られないだろう。麦秋を迎えたと思っていると、数日で刈り取られ、田植えの準備。朝日、夕日に照らされた田んぼの水面がきれいで、しばらくすると早苗が風になびく。こちらは眺めながら歩いているだけだが、農作業は大変そうだ。兼業農家が多いため、週末をはさんで景色は一変する。

農村を描いたミレーの作品に「種をまく人」がある。岩波書店のマークにもなっている名作。創業者の岩波茂雄（１８８１〜１９４６年）は長野県諏訪の篤農家の出身で「労働は神聖である」との考えを強く持ち、晴耕雨読の田園生活を大事にしたいという思いから会社のマークに採用した。ミレーも農家の生まれであり、この絵では農村の人々の力強さや勤勉さを表現したといわれる。

毎日、眺めている佐賀平野の風景も、農家の勤勉さによって保たれている。高齢化、担い手不足と厳しさが伝わる農業だが、食料の生産にとどまらず、景観保全や豪雨時の防災などにも役割を果たしている。恩恵にあずかるばかりで、「晴歩雨読」の身ではあるが、感謝の思いは胸に留めて歩いている。

選考活動スタート

（2023年6月1日）

萩本欽一さんの母親は、コメディアンという息子の仕事を全く理解していなかった。家族から役者になったと聞かされ、「役者とヤクザは一字違いだけど、欽一は大丈夫なのかい？　世間様に申し訳ないことをしているんじゃないのかい？」と心配した◆コントで女優の真屋順子さんと夫婦を演じた時は「別の家庭を持っている」と誤解した。萩本さんの妻に電話をかけ、「辛抱だよ。でも、大丈夫。あなたの家の子どもたちはみんないい子だからね。あっちの家庭には見栄晴っていうバカもいるから」と慰めたという◆来春卒業の大学生らを対象とした就職活動はきょうから面接などの選考が始まる。企業の採用意欲は高く、昨年に続いて学生優位の売り手市場になっており、政府のルールよりも前倒しで進んでいるのが実態のようだ◆最近は片仮名やアルファベットの社名が多く、業種さえ分からない企業も多い。子や孫がどんな会社に入るのか。心配は尽きず、気をもんでいる人はいるだろうが、本人が選ぶ仕事である◆萩本さんは母が亡くなった後、日記を見つけた。「スーパーに行ったら欽一の話をしている人がいた。みんな笑顔で『昨日は楽しかったね』って。そんなに悪いことはしていないような気がする」。どこで、どんな仕事をしようとも、誰かの役に立ってくれるはずである。

歌手の美輪明宏さんが自ら作詞・作曲した「ヨイトマケの唄」は、小学校時代の同級生とその母親がモデルになった。授業参観の日、その母親は遅れて教室に入ってきた。着飾ったお母さんたちの中で、ひとり野良着に姉さんかぶり。息子はあまり出来が良くなく、はなみずを垂らしていた。それを見た母親は息子のところへ歩み寄ると、周囲の目など気にもせず、息子のはなをズズッとすすって、窓からペッと吐き出したという。一瞬の行動だったが、背後に母性が広がっていくように感じたと回想している。

歌手になった美輪さんは炭鉱町での興行の際、安い賃金なのにチケットを買って聴きにきてくれた炭鉱作業員を励ます歌を作りたいと思った。頭に浮かんのは、何のためらいもなく息子のはなをすすった同級生の母親だった。その母親は足が不自由ながらも工事現場で働き、懸命に息子を育てていたそうである。

萩本欽一さんの母親の勘違いはおかしくもあるが、気持ちを推し量れば切なくもある。いくつになろうが息子は息子であり、心配のたねは尽きない。スーパーで息子の話を耳にして、どれだけうれしかっただろうか。子どもがどんな仕事をしていようが、理由もなく不安になったり安心したりを繰り返すのが母親という存在なのだろう。

心を残す

（2023年6月8日）

作家の池波正太郎（1923～90年）の作品は根強いファンが多い。生誕100年を迎えた今年は映画『仕掛人・藤枝梅安』が公開されるなど、人気は衰えていない◆小説のほかに多くのエッセーも残しており、歯切れのいい筆致が心地いい。その中に、電話について触れた一文がある。「用談がすむや否や、ガチャリと切ってしまう。その味けなさは、音の感覚が鈍くなった人びとにとって、まったく無縁のものらしい」と嘆いている◆池波は小学生の時、先生から教わった。話が終わっても、すぐに電話を切ってはいけない。顔を見ているつもりで、おじぎをするくらいの間を置いてから切る。相手に対して「心を残すこと」が大切だ、と。当時の先生たちは何かにつけて、こうしたことを教えてくれたという◆「五月病」の時期を乗り切った新入社員を見ていると、思い出すのが電話の応対である。「電話が鳴ったら、先輩よりも先に取れ」と言われ、何も分からないのに恐る恐る手を伸ばしていた。間を置いて切るなど誰も教えてくれないし、そんな余裕もなかった◆コロナ下の学生生活で「会話力」の不足を懸念する声も聞くが、社員教育が重視される現在はいろんな研修も行われている。初めての連続に戸惑うのは当たり前。何事も相手に心を残す意識を持てば、きっとやっていける。

テレビの放送チャンネルが増えて番組制作が追いつかないのだろうか。業界の事情は知らないが、再放送が多くなった気がする。懐かしくもあり、NHK連続テレビ小説『ちゅらさん』を見ている。2001年度上半期に放送されたドラマで、23年ぶりの視聴。ヒロインのおばあは、予感がするのか、電話が鳴る前に「うっ、鳴るよ」とかかってくるのを察知する。そんなシーンが何度も出てきた。

離れている人と人とが会話を交わせる電話。便利でありがたいが、切り方ひとつで相手を不快にさせてしまう。池波正太郎さんが指摘するように、ガチャリと切っては「失礼なやつだ」と嫌われかねない。おばあのように鳴る前の予感はしなくても、切るタイミングは察知できる。話が終わっても、心を残して切るのが礼儀であろう。相手の表情が見えないだけに、心配りが欠かせない。

コラムを読んだ読者から電話をいただいた。電話を切る時は受話器を置いて切るのではなく、ゆっくりと手でフックを押さえる。そうすればガチャリという音がしないと、先輩から指導されたという。学校の先生に限らず、会社の先輩たちもこうしたことを教えてくれたものである。

転職へのはなむけ

（2023年6月19日）

ノンフィクション作家の梯《かけはし》久美子さんが会社を辞めてフリーになった時の思い出を書いている。担当していたイラストレーターの女性に、退職のあいさつに行った際の話である◆女性は「友達、5人くらいはいる？」と聞いてきた。「はい」と答えると「じゃあ、大丈夫。ホントにお金に困ったら、その人たちに順番にランチをおごってもらいなさい。1日1食、食べれば死なないでしょ」と言った後、「…でね、週末は私に電話しなさい。おごるわよ」と笑顔で続けたそうだ◆日本は終身雇用、年功序列を前提とした雇用慣行が長く続いてきた。転職に対しては途中で投げ出すような印象もあったが、昭和から平成、令和と代わって様変わりした。テレビでは転職あっせん企業のCMが頻繁に流れ、自分に合った仕事を探す転職に抵抗感はなくなっている◆岸田政権は看板政策である「新しい資本主義実行計画」を閣議決定した。持続的な賃上げに向けて、競争や転職を後押しする労働市場改革を推進し、成長産業への労働移動を促すという◆自らの選択で自由に転職ができる社会は歓迎すべきなのかもしれないが、不安もつきまとう。梯さんは女性の言葉で「いざとなったら、誰かに助けてと言えばいい」と気が楽になった。すてきなはなむけの言葉のように、安心できる支援制度が欠かせない。

「ちょっと、お話があるんですが…」。若い社員から改まった口調で言われると、いつもドキッとした。不穏な空気を感じるときは大概、退職の通告である。入社して2，3年がたち、ようやく仕事を覚えた頃に辞めていく。考えた末に本人が出した結論であり、新たな道での幸せを願うしかないのだが、組織として人材の流出は実に痛く、自分に至らないところがあったからではないかという思いもよぎる。

「勤め上げる」という言い方をする。会社に入って定年まで、ひたすら仕事に打ち込む。それが美徳だった時代は去り、自分の可能性を探して転職するのは珍しくない社会である。古い価値観で説教をたれて引き留めたところで、若い人には響かない。梯久美子さんに言葉をかけてくれた女性のように、「週末は私に電話しなさい。おごるわよ」と送り出してやる方がいいのかもしれない。

最近は退職を代行する会社があるそうだ。入社して数日しかたたないうちに、退職手続きを代行業者に依頼する人が増えていると、記事は伝えていた。どう働くはどう生きるかということでもある。それぞれの決断に対してとやかく言うつもりはないが、せめてランチをおごってくれる仲間ができるくらいの間はとどまってみるべきではないだろうか。

平岩弓枝さん死去

（2023年6月20日）

直木賞作家の戸川幸夫（1912〜2004年）は佐賀市の生まれで、動物に関する深い知識を基に日本の動物文学を確立した。生まれてまもなく引っ越しており、佐賀との縁はあまり知られていない◆〈動物学を志されて山形の高校へ入られて、以来、山形を第二の故郷とおっしゃるほど山形贔屓になられたが、第一の故郷は佐賀である〉。戸川について、こう紹介しているのが平岩弓枝さんである◆平岩さんは戸川を師と仰ぎ、長年にわたって薫陶を受けた。『鏨師《たがねし》』で直木賞を受賞。小説『御宿かわせみ』シリーズをはじめ、テレビドラマ『肝っ玉かあさん』『ありがとう』などの脚本を手がけ、高視聴率のヒット作を送り続けた◆エッセーでは高齢の母親を家族で支える日常や孫とのふれ合い、気の置けない友人の話など、人気作家の華やかさとは縁遠い暮らしぶりを書いている。平岩さんの作品は市井の人の生き方やなにげない幸せが描かれているが、細やかな洞察は実生活からもうかがえる◆平岩さんは講演会のため、戸川と一緒に福岡から長崎へ向かった際の思い出を書き留めている。戸川は甘い鶏卵素麺が好物で、列車の中で包みを広げて勧めたという。ちょうど佐賀を通っている頃だったのではないか。享年91。平岩さんの訃報に接し、鶏卵素麺を食べる師弟の姿が浮かんでくる。

戸川幸夫さんは日本の動物文学を確立した作家として、椋鳩十（1905～87年）と並び称される。それまで噂でしかなかったイリオモテヤマネコの発見に貢献したことでも知られる。その業績に比して佐賀であまり知られていないのは1歳で養子となり、北九州市へ引っ越したためだろう。それでも、経歴には「佐賀市生まれ」と記載されており、もっと佐賀での知名度を上げたい作家である。

平岩弓枝さんの訃報に接して、戸川さんとの関わりを書いたエッセーを思い出した。地方紙としては少しでも身近に感じてもらえるように、佐賀との縁があれば盛り込みたいが、おぼろげな記憶しかない。図書館で平岩さんのエッセー集を何冊も借りてきて「さて、どの本だったか」と走り読み。運よく探し当て、講演旅行のエピソードを紹介した。

こんなふうに「探し物」に時間を費やすと、たどり着いただけで満足してしまう。同時に、相当に疲れもする。鶏卵素麺の話を面白く読んでもらえるかどうかよりも、せっかく見つけたのだから何とか盛り込みたいと、さもしい根性が出てくる。あとで読み返すと、無理やりな感じがしたり、ほかに題材はなかったのかと悔やんだりすることはしばしばだった。自分の作業に付き合わせてしまうと、読む人の共感は得られない。

ブルース・リーの怪鳥音

（2023年7月20日）

「怪鳥音」と呼ばれるそうだ。ブルース・リー（1940〜73年）が発した「アチョー」という独特の叫び声である。映画がヒットした70年代、子どもたちは玩具のヌンチャクを振り回し、「アチョー、アチョー」と興じていた◆ブルース・リーは主演した『ドラゴン危機一発』（71年公開）が香港の興行記録を塗り替える大ヒットとなり、トップスターの地位を築いた。73年にはアメリカとの合作『燃えよドラゴン』が世界で公開されたが、その時はすでに32歳の若さで亡くなっていた。きょうで没後50年になる◆当時の香港はイギリスの施政下で、目覚ましい経済成長を遂げていた。世界へ羽ばたいた映画の背景にも香港の自由で熱い空気を感じるが、中国の影響が強まった現在は大きく変貌しているようだ◆仲のいい女性3人でアジア各地を旅行しているという作家の林真理子さんが『週刊文春』の連載エッセーに書いていた。香港でのショッピングは楽しい思い出だが、ファッション関係の友人は言う。「もう私たちの知っている香港じゃないよね」。品ぞろえは変わり、おしゃれじゃない。店員の態度もトゲトゲしている、と◆国家安全維持法が施行されて3年がたち、強権的な統治が街も人も変えてしまったのか。次は台湾かと警戒されている。覇権を強める大国が「怪鳥」に思えてくる。

右手から左手へ、左手から右手へ。ブルース・リーに憧れ、少しでも速くヌンチャクを振る練習をしている。当時、そんな中高生たちが周りにたくさんいた。武闘家を目指しているわけでもなく、実際に使えば暴力事件になる。何のためにやっているのか分からないが、同じことをひたすら繰り返す行為は無駄の一言で片づけられないところがある。柔道、剣道から茶道や華道など、「道」を究めるようとする過程でしかつかめない境地があるだろう。

カリスマ的な存在だったブルース・リーは多くの名言を残した。「私は1万種類のキックを1回ずつ練習した人を恐れない。だが、一つのキックを1万回練習した人を恐れる」。一蹴りのキックにも道を究めようとした人なのだろう。振り返れば、根気よく一つのことに打ち込むことから逃げてばかりであり、余計に憧憬の念が湧いてくる。

没後50年に際して、調べているうちに「アチョー」の叫びに呼び名があるのを知った。実に的確な呼称に思え、同時に中国の動きが怪鳥のイメージと重なってきた。台湾では中国の意に添わない新しい総統が就任し、これからの関係に国際社会の注目が集まっている。怪鳥が翼を広げ、襲いかかるようなことはないだろうと思いつつも、香港の現状を知ると不安は拭えない。怪鳥の翼は日本にも影をつくる大きさがある。

高きが故に尊からず

（2023年8月11日）

「酒場詩人」と呼ばれる吉田類さんは健康的に山登りも楽しんでいる。ＮＨＫの『にっぽん百低山』は吉田さんが案内役となり、登山家が挑むような険しい山ではなく、全国各地の身近な低い山の魅力を伝えている◆先月の放送では佐賀県の黒髪山（標高５１６メートル）と天山（１０４６メートル）が続けて登場した。黒髪山は渓谷に沿って登ると、山頂は巨大な岩がそそり立つ絶景。世界に誇る有田焼との関わりも紹介され、「一度は登ってみたい」と思いながら映像を見た◆天山は職場の窓から毎日、眺めているなじみのある山。季節ごとにいろんな花が咲く「花の楽園」で、山頂は高い樹木が育ちにくい地質のため、見晴らしのいい草原が広がっているという。遠くから見上げているだけで、何も知らずに過ごしてきた◆日本一の富士山（３７７６メートル）や2番目の南アルプス北岳（３１９３メートル）など3千メートルを超える山もあれば、低くても魅力的な山がある。地元の人に親しまれてきた歴史もあり、番組のサブタイトル通り〈山高きが故に尊からず〉である◆バブル景気に沸いた頃、三高（高学歴、高収入、高身長）が流行語になった。人間も何かと高い方が羨望の対象となるようだが、高きが故に尊からずである。台風一過のきょうは「山の日」。高かろうが、低かろうが一歩ずつと、天山を眺める。

日本で最も高い構造物は634メートルの東京スカイツリー。世界ではドバイに建つブルジュ・ハリファで約830メートル。建物の高さと同時に建築技術の高さにも驚くが、それでも天山に及ばない。自然がつくり出した山は広いすそ野があるから、どっしりと安定している。人間も高くそびえ立つにはすそ野が重要であり、若いうちから基礎となるすそ野を広げる努力が大切だと、山が教えてくれているようである。

すそ野は四方へ延びている。多久・小城支局に配属されていた時、天山山頂で開かれた祈願祭を取材した。現場に着くと、唐津支社の同僚と鉢合わせた。どちらも担当エリアから登る道があるため、自分が取材しなければと思っていた。山は一歩ずつ登る大切さだけでなく、登る道も一つではないと教えてくれる。

海派か山派か、と問われれば、迷わずに山派と答えるが、低山であっても吉田類さんのようには登れない。気持ちよさそうと思いながら番組を見ているだけで、車でしか登ったことがない。2016年から「山の日」は国民の祝日になった。盆休みと連続させやすいというのが理由だとか。もう少し山に関係する由来があれば浸透するのにと残念な気もするが、下界の暑さを逃れ、ドライブを楽しむにはいい時季である。

生き方で埋める「間」

（2023年8月15日）

ナレーションの名手といわれるフリーアナウンサーの堀井美香さんは先輩の言葉を胸に刻んできた。「読みの間は人生で埋めなさい」。新人研修で聞いた時はピンとこなかったが、年を重ねるごとに実感が湧いてきたと雑誌のインタビューで述べていた◆朗読は奥が深く、同じ文章でも語る人によって違いが出る。語調や息遣い、言葉と言葉をつなぐ「間」。流れる時間や空気も変わり、すべてにその人の何十年かの人生が集約されると感じるようになったという◆女優の吉永小百合さんは原爆詩の朗読をライフワークにしている。東京大空襲（1945年3月10日）の3日後に生まれ、自身に戦争の記憶はない。広島、長崎の原爆や沖縄戦を描いた作品に出演して学び、テレビドラマ『夢千代日記』をきっかけに朗読を始めた◆「ずっと戦後であってほしい。戦争だけは絶対に始めてはいけない」。吉永さんは「師匠のような存在」と慕っていた作家・半藤一利さんの言葉に強く共感した。吉永さんの朗読の「間」は平和を願い続ける生き方で埋められているのだろう◆ロシアによるウクライナ侵攻をはじめ、世界各地で紛争が起きているが、日本は今年も「戦後」の中で「終戦の日」を迎えた。これからも語る人、聞く人、一人一人が「間」を埋められるように平和の大切さを胸に過ごしたい。

「読みの間は人生で埋めなさい」とは、奥の深い言葉である。文章も行間を埋めるのはその人の人生だろう。生き方、考え方、すべてが行間ににじむ。にじみ出るものがなければ、読む人の心に響かない。スカスカの生き方をしてきた後ろめたさもあって、読む人に見透かされてしまう畏れをずっと感じていた。

この年の「終戦の日」は、有明抄と論説の二つを書かなければならなかった。防衛費の増額に関心が高まっていた頃であり、論説では抑止力による平和と、武力に頼らない平和について考えた。その中で、ノンフィクション作家で評論家の大宅壮一（1900～70年）の一文を取り上げた。

〈いちばん大切なものは〝平衡感覚〟によって復元力を身につけることではないかと思う。内外情勢の変化よって、右に左に、大きくゆれるということは、やむをえない。適当な時期に平衡をとり戻すことができるか、できないかによって、民族の、あるいは個人の運命がきまるのではあるまいか〉

武力に頼らない平和の理想と現実のはざまをどう埋めるか。それには磨かれた平衡感覚が必要になる。「平和を守る」というシンプルな訴えのために、言葉を、文章を連ねてきたが、行間のにじみは感じてもらえただろうかと、力不足を感じながら読み返した。

終活川柳

（2023年9月8日）

アメリカ映画『幸せへのまわり道』は、子ども向けテレビ番組の司会者として人気を博したフレッド・ロジャースの実話を描いた。映画の中で、トム・ハンクス演じるロジャースが語る◆〈私たちは死について話すのを気詰まりに感じる。でも、死ぬことは人間の理《ことわり》だ。人間の理は言葉にできる。言葉にできることは対処できる〉。どんな人にも、いつか必ず訪れる死だが、対処できると思えば気持ちは軽くなる。どんな言葉にできるだろうか◆第3回「さがん終活川柳大賞」（本日付別刷り特集）には最期の日を迎えるまで、しっかり対処しようとする思いを言葉にした862句が寄せられた。共感したり、クスッとしたり。どの作品も気詰まりに感じることはなく、人間の理と向き合っている◆大賞に選ばれたのは〈墓じまい先祖の霊が見え隠れ〉（前田久子さん・神埼市）。少子高齢化が進む中、墓守の悩みはよく耳にする。子や孫たちに負担をかけないように墓じまいをしたものの、ご先祖さまの思いが気にかかる。同じような経験をした人は多いのではないか◆終活はこれまでの人生を振り返り、これからどう生きるかを考える時間にもなる。〈終活を終え晴ればれと旅に出る〉（西山英徳さん・多久市）。まだまだ先の「その日」まで、区切りをつけて新たな出発。言葉にすれば対処できる。

言葉の誕生は面白い。「終活」は何の略語かと考えれば「終末、終わりに向けた活動」といったところだろう。就職活動を略した「就活」をもじった言葉で、2009年に『週刊朝日』が企画した連載の中で初めて使われたとされる。その後、「終活本」が相次いで出版されるなど「終活ブーム」が起きた。注目を集めた背景には無縁社会や孤独死などの社会問題があったようだが、すっかり定着した今では淋しいイメージは薄れ、最期の日まで前向きに生きるための活動と捉える人も多い。

終活セミナーでは葬儀や埋葬の手続き、相続の問題など、さまざまな説明のほか、遺影の撮影会や棺に入る体験なども行われる。今のところ棺の体験までする気はないが、少しずつでも身の回りの整理はしていかなければと思う。すべてほったらかして逝ってしまうと、死んでからまで家族に文句を言われそうだ。

トム・ハンクスの台詞にあるように、死は人間の理である。どんなにお金があろうと、社会的地位があろうと避けられない理である。いつ死ぬのか分からない怖さに怯えて過ごすくらいなら、向き合って対処しようというのが「終活」なのだろう。恐れることはない。誰かが言っていた。「あの世はとてもいい所だ。その証拠に、誰ひとり戻ってこない」と。

「戦場降水帯」

（2023年9月25日）

原稿を書く際は変換ミスに気をつけているが、パソコンだけでなく、頭の中も妙な変換ミスをする。テレビやラジオで「線状降水帯」と聞くと、無意識のうちに打ちつける雨粒が銃弾に変わって「戦場」の文字が浮かんでいる◆この夏も変換ミスを繰り返した。7月10日の豪雨では佐賀県内に線状降水帯が発生、唐津市浜玉町平原では土砂崩れで3人が亡くなった。佐賀市富士町など他の地域でも山の斜面や河川の護岸が崩れ、住家や農業ハウスにも大きな被害を及ぼした◆発生から1カ月が過ぎた頃、県北部の山間部を回った。土砂崩れが起きた浜玉町の現場は「戦場」を思わせる状況で、砲撃で崩されたかのように山肌があらわになっていた。土砂に埋まった家は屋根が傾き、近くには巨大な岩がいくつも見えた◆県のまとめによると、7月の大雨による農林土木被害は約360億円で、2021年の記録的な豪雨被害を約60億円上回った。来年度中の復旧完了を目指すとしており、元の生活に戻るには時間がかかりそうだ◆今月半ばには長崎県で線状降水帯が発生し、唐津市や玄海町なども記録的な大雨に見舞われた。「秋分の日」が過ぎ、きのうは秋らしい高い空が広がったが、最高気温は30度超えの予報が続く。まだ油断はできない。「戦場降水帯」。もう納めとしたい変換ミスである。

詩人の吉野弘さん（1926〜2014年）が誤植の思い出を書き留めている。代表作の一つ「夕焼け」を取り上げた批評文で、夕焼けが「夢焼け」になっていた。吉野さんはこのミスを面白いと感じた。人は年を重ねると見極めがつくようになり、若い時の夢のむなしさも知る。にもかかわらず、「夢焼け」という言葉には心の隅に燃えている炎、炎に焼かれながら年老いてゆく淋しさなど、人生の横顔があるという。

入力ミスや変換ミスによる誤植があると、読む人の信頼を損なう。絶対にしないようにと思ってはいても、人は失敗してしまうが、「夢焼け」のような味わいのある誤植ならにんまりして許してもらえそうな気がする。以前、「コロナ禍」を「コロナ渦」と誤った見出しが載って読者のお叱りを受けたことがあった。社会全体が閉塞感に覆われ、渦に巻き込まれたような状態だった頃であり、面白い誤植だと思った。もちろん、そんな言い訳はできなかったが、読者の中にはにんまりした人がいたかもしれない。

「戦場降水帯」も状況を表しているようではあるが、味わいのあるミスとは言えない。気象庁は線状降水帯に関する予報を強化しており、的中率は徐々に高まっている。予報が外れたとしても軽々に責め立てず、精度の向上を期待したい。

「バスが来ましたよ」

（2023年9月26日）

2年ほど前に小欄で紹介した視覚障害の山崎浩敬さん（和歌山市）のエッセーが絵本になっている。タイトルは『バスが来ましたよ』（文・由美村嬉々、絵・松本春野）。小さな親切がつながった物語である◆山崎さんは難病で視力を失い、訓練を受けて復職した。バス通勤に不安を抱えての再出発だったが、ある朝、小学生の女の子が「バスが来ましたよ」と声をかけ、小さな手を添えて乗車を助けてくれた。それが毎日続き、女の子が卒業すると妹へ、その友だちへと、10年以上にわたって引き継がれた実話である◆文化人類学者の小川さやかさんがアフリカ・タンザニアの乗り合いバスの思い出をエッセーに書いている。バスが到着すると、われ先にと競い合って乗り込むが、そこに妊婦や老人、小さな子どもがいると誰かが周りを制止して乗せてあげた◆運よく座れた人は立っている人の荷物を預かったり、小さな子どもを膝に乗せたり。それが実に自然な感じで行われていた。すし詰めの車内はとてもにぎやかで、隣同士になった人たちとたわいもない会話が弾んでいたという◆日本で初めてバスが運行したのは1903（明治36）年9月、今年で120年になる。運転士不足など取り巻く環境は厳しいが、バスという「公共の空間」は大切にしたい優しさや思いやりを学ぶ場でもある。

記憶に残っている最初の旅行は1970（昭和45）年の大阪万博である。親戚が大阪にいたので滞在費が要らないからと、連れて行ってもらった。まだ小学校に入る前で、学校を休む必要もなかった。初めて乗った新幹線、太陽の塔、いろんな国のパビリオンなど、映像はおぼろげだが、興奮したことは覚えている。

そんな楽しい思い出とともに、苦い経験も記憶に残っている。国鉄だったか、阪急電車だったか。電車に乗るため、ホームで待っている時、親戚のおばさんから「ドアが開いたら急いで席を取りなさい」と言われた。人は多く、電車にもたまにしか乗ったことがない田舎の子に、そんな芸当ができるわけがない。あっという間に座席は埋まり、おばさんからは「もたもたしてるからよ」と叱られた。高度経済成長の真っただ中、日本はあのころから経済的な豊かさの一方で、ゆとりをなくしていたのかもしれない。

タンザニアの乗り合いバスの話を読んで、子どもの頃の記憶が浮かんだ。日本では立っている人の荷物を預かったり、小さな子どもを膝に乗せたりするだろうか。そんな憂いを覚える中で、「バスが来ましたよ」と手を添える子どもたちがいるというのは、社会の希望である。

日本酒で乾杯

（2023年9月30日）

新型コロナへの警戒が弱まり、「乾杯」の機会も増えてきたのではないか。杯を乾《ほ》す―。「さあ、飲むぞ」と酒好きの気持ちがこもった掛け声に思えるが、一般に広まったのは大正期からという。大手酒造メーカーのウェブサイトに解説が載っていた◆乾杯の習わしは西洋文化の影響で始まった。明治期は「万歳」の唱和だったが、万歳は天皇陛下への祝賀を意味していたため、乾杯の掛け声が生まれたとみられる◆日本の酒宴は儀礼や作法に則した礼講と、とらわれない無礼講があり、乾杯はそれを分ける合図にもなった。昭和初期の新聞に、1杯目は礼講として日本酒で乾杯し、後はビールで無礼講になったと書かれた祝勝会の記事があるそうだ◆今年は乾杯の伝統を引き継ぐ「佐賀県日本酒で乾杯を推進する条例」の制定10周年を迎え、記念イベントが企画されている。JR佐賀駅前交流広場では「日本酒の日」の10月1日午後1時から7時まで、県産酒の立ち飲みバーや日本酒に合う食べ物のブースが設けられる。国体、国民スポーツ大会のつながりで鹿児島県ブースも設けられ、焼酎が販売される◆残暑が和らぎ、日本酒がおいしい季節になる。杯を乾し、酒どころ佐賀の豊かさを感じたい。くれぐれも無礼講を真に受け、羽目を外さないように気をつけて「かんぱ～い！」のご唱和を。

下戸のために酒席は苦手だが、酔っ払いには寛容である。なにせ実家は酒屋であり、酒のおかげで大学まで行かせてもらったようなものである。感謝こそすれ、邪険には扱えない。酒どころの佐賀には「鍋島」をはじめ、全国に知られた銘酒がある。日本酒がおいしい季節を迎え、大いに楽しんでもらおうと「乾杯」の歴史を調べたところ、意外に新しい習わしと知って驚いた。

実家の宣伝をするようだが、扱っている酒に「東長」がある。終戦後、GHQ主催のパーティーが開かれ、十二代酒井田柿右衛門さんが招待された。柿右衛門さんは「東長」を手に旅立ったが、車中では飲み切れず、酒を持ったままパーティーに出席した。それがマッカーサーの目に留まり、「東長」はGHQの指定商品になった。「マッカーサーが愛した酒」である。ちなみに「東長」と名付けたのは首相を務めた原敬で、「東の国の長、東洋の王者」という思いが込められているという。

佐賀には長い歴史を持つ蔵元が多く、それぞれに造り手の思いや逸話がある。好きな酒の歴史を知れば、格段に味わいが増すかもしれない。おいしそうに杯を乾す様子を温かく見守るのが、酒屋で育った下戸のたしなみである。

オーバーツーリズム

（2023年11月2日）

広島県廿日市市は10月から、世界遺産の厳島神社がある宮島を訪れた観光客らを対象に「宮島訪問税」の徴収を始めた。小学生以上は1人100円。住民生活に影響を及ぼすオーバーツーリズム対策の一環である◆宮島は日本有数の観光地で、5月の先進7カ国首脳会議（G7広島サミット）後は外国人観光客らがさらに増えている。年間来訪者は過去最多だった2019年の465万人を上回りそうな状況で、新たな税収は文化財の保存やトイレ整備などに使われるという◆コロナ禍を抜け、全国の観光地はにぎわいを取り戻している。宮島に限らず、オーバーツーリズムが課題となっている観光地は多い。写真映えする場所や食べ物などがSNSで一気に広がり、マナー違反の振る舞いに苦慮しているケースもある◆観光は中国の『易経』の一文である「観国之光」が語源とされ、「国の文化や政治、風俗をよく観察する」「国の風光・文物を外部の人々に示す」という意味があるそうだ。訪れる側も迎える側も、単に観《み》に行く「観行」ではないところを意識したい◆バルーンフェスタに唐津くんちと、佐賀県は多くの観光客が訪れる時季を迎えた。温泉や焼き物、おいしい食など、豊かな自然と文化がある。「オーバー」が心配になるくらいの人たちに、佐賀が誇る「光」を観察してもらいたい。

山梨県富士河口湖町のコンビニの屋根越しに見える富士山を撮影するため、外国人観光客が殺到して話題になった。近隣住民の生活に影響が出たり、交通事故の危険が発生したりしたことから、高さ2・5メートル、幅20メートルの黒い幕が張られ、賛否両論が沸き起こった。注目のさなか、幕に穴を開けてスマホで撮影する観光客も出現。警備員が配置されていない時間帯に撮影して、警察にとがめられた事案があった。

「せっかく日本へ来たのだから」という外国人観光客の気持ちは分かるが、美しい景観を損なってまで防ぐしかないほど住民は困っていたのだろう。やたらと「インバウンド」というカタカナ語を目にするようになったが、光が当たれば影もできる。日常を過ごしている住民と非日常を楽しむ観光客の間に意識の違いがあるのは当然で、上手に折り合いをつけていかなければならない。

バルーンフェスタに多くの人が来てくれるのはうれしいが、車の渋滞で日常が乱されるとイライラした。許容しなければと思ってはいても、「こっちは仕事だ。影の中だ」とひがみ根性がもたげてくる。なんだか、度量を試されているような気分で通勤していたのを思い出す。

『ふぞろいの林檎たち』

（2023年11月4日）

脚本家の山田太一さんが手がけたテレビドラマ『男たちの旅路』や『ふぞろいの林檎たち』などの未発表の脚本が見つかった。映像化されていない作品で、自宅の書庫に残っていたという◆1983年から始まった『ふぞろいの林檎たち』は青春群像ドラマで、97年のパート4まで続いた。主題歌「いとしのエリー」も印象深い。中井貴一さんらが〝四流大学〟の学生を演じ、30代半ばになるまで「林檎たち」が悩みながら生きる姿を描いた◆山田さんの作品は会社員や主婦、高齢者など普通の人たちを描いたドラマが多い。誰にも、どこにでもあるテーマで、見る人は自分に引き寄せて考える。どう生きればいいのか、どんな生き方が幸せなのか、問いかけてくるようだった◆幸福について、山田さんはエッセーを書いている。かつては「空襲がないだけで」とか「家族が一緒にいられたら」とか「腹いっぱい食べられたら」とか、あまり議論の必要のない幸福があった。その多くが満たされ、だからこそ改めて幸福が問われている、と◆出版された未発表のシナリオ集を読むと、40代になった林檎たちが幸せを探して惑っていた。89歳になった山田さんは療養中で、新しい作品を手がける状態ではないという。新作を見られないのは寂しいが、映像や活字になった名作はずっと問いかけてくる。

未発表のシナリオ集を一気に読み終え、原稿を書いた。それからひと月もしないうちに、山田太一さんは亡くなった。

脚本家の倉本聰さんが朝日新聞に追悼文を寄せていた。その中で、テレビ局の友人の歓送会の思い出をつづっている。集まったのは当時、「シナリオライター御三家」と呼ばれていた倉本さん、山田さん、向田邦子さんの豪華な顔ぶれで、一晩中飲んで盛り上がったという。向田さんは少し年上で、きれいな物知りのお姉さん。「あんた、物書きのくせにそんなことも知らないの」と叱られる賢姉愚弟の仲だった。山田さんはいつも静かにほほ笑んでいる大人。「学識豊富、人格円満、既に厳然たる風格があった」と回想している。

作品を通じて感じていた山田さんのイメージは、倉本さんの人物評と重なる。『ふぞろいの林檎たち』ではさえない学生、『男たちの旅路』では特攻隊の生き残りの実直なガードマン、『岸辺のアルバム』では普通の家庭を通して、人間と社会を見つめ、「幸せ」を問いかけた。もがきながら、懸命に生きる姿を描いた数々のドラマがどれだけの人を励まし、勇気づけただろうか。

仕事の気構え

（2023年11月23日）

建築家として日本の近代化に尽力した唐津出身の曽禰達蔵（1853〜1937年）は、どんな気持ちで仕事に向き合っていたか。「その建築が実際に建つことを思えば、徹夜で考えるのは当然だ」と責任感に満ちた言葉を残している◆曽禰は東京・丸の内に日本で最初の高層ビルを設計した際、気になることがあると寝ずに考え、早朝から打ち合わせをしていたという。今は「過労死」などの問題もあり、働き方は変わっている。長時間労働が褒められる時代ではないが、仕事に対する曽禰の気構えは学びたい◆解剖学者の養老孟司さんは「仕事というのは社会に空いた穴です」と書いている。地面には穴が空いており、人が歩くのに都合が悪い。その穴を埋める作業が仕事であり、一人一人が穴を受け持つ。きれいに埋まれば、みんなが歩きやすくなる◆厄介なのは穴の形や大きさは多種多様で、受け持つ人に合わせて空いているわけではない。最初はうまく埋められないが、努力と工夫を重ねて少しずつ平らにする。その過程で、人は育っていくと説いていた◆きょう23日は「勤労感謝の日」。曽禰のような責任感を持って仕事に打ち込む人がいる。養老さんが説くように、周りを平らにしようと地道に働く人がいる。社会を支えるいろんな仕事に感謝しながら、二人の言葉を胸にとどめる。

2022年秋に佐賀県立博物館で「建築の建築」という企画展が開かれた。辰野金吾（1854～1919年）、村野藤吾（1891～1984年）に曽禰達蔵を加えた唐津出身の建築家3人の功績をたどる展覧会だった。日本銀行や東京駅などを手掛けた辰野は広く知られているが、辰野のほかにも日本を代表する建築家が唐津から生まれ、明治、大正、昭和と日本の街を形づくった。

会場に展示されていたパネルに曽禰の言葉を見つけ、すさまじいプロ意識を感じてメモを取った。日々の仕事に慣れると、どうしても気が緩み、惰性でこなしてしまいがち。「多くの人が読んでいることを思えば、徹夜で考えるのは当然だ」と言えるほど心血を注ぐことはできなかったが、時折、惰性で仕事をしていないかと省みて、曽禰の気構えを思い浮かべていた。

ほとんどの人は歴史に残るような仕事をするわけではない。だからといって、いい加減にやっているわけではなく、自分なりの努力と工夫を重ねている。「働き方改革」が叫ばれる世の中だが、どんな働き方であっても仕事に向き合う気持ちの中に、曽禰のようなプロ意識を育てていきたい。

奇跡のピアニスト

（2023年11月27日）

名刺には「海苔漁師・ピアノ愛好家」とある。リストの難曲「ラ・カンパネラ」を弾きこなす佐賀市川副町の徳永義昭さん（63）。愛好家の域を超え、いろんな場所に招かれて演奏している◆徳永さんは50歳を過ぎてからピアノを始めた。それまでクラシック音楽とは無縁の生活で、譜面は読めない。「妻にドレミを書いてもらい、ひたすら練習した」という◆先日、徳永さんの演奏を聴いた。ノリ養殖のシーズン真っただ中。明け方まで海に出ていたそうだが、疲れも見せずにすてきな演奏を披露した。その場に、佐賀市でのコンサートを終えた歌手の加藤登紀子さんも。加藤さんは「譜面が読めないからか、音を探している作曲家のような弾き方。それがいい。あなたの演奏にはドラマがある」と評した◆そのドラマを映画化する計画が進んでいる。独学で練習を続け、「奇跡のピアニスト」と呼ばれるまでの物語を描く。来年秋の公開を目指して、支援する会も発足した。制作費など2億円を目標に協賛金を募っている◆「レパートリーが少ないから、演奏会は〝漫談〟の時間の方が長い。来てくれた人は感動したじゃなくて、面白かったと言って帰る」と笑いを誘う徳永さん。明るく前向きな姿勢は、幾つになっても楽しみながら打ち込む大切さを教えてくれる。映画の完成が楽しみである。

ノリ漁師とリストの難曲「ラ・カンパネラ」。この不釣り合いなギャップが面白い。徳永義昭さんは実に気さくな人で、佐賀弁丸出しで楽しい話を聞かせてくれた。スマホに入った若い頃の写真を見せてもらったが、なかなかのイケメンだった。その頃の容姿でピアノを弾いてもそんなに話題にはならなかったかもしれない。おじさんが頑張っているから、聴く人たちの希望の灯りになる。

徳永さんの演奏を聴いた際、2曲目に映画『ひまわり』のテーマ曲を弾き始めたが、「ありゃ、わからんごとなった。すんません」と途中で終了。そんなところもいい味わいを醸し、その場にいた人は笑顔になった。何事も技術がすべてならプロに任せればいいが、そうはならないのが面白みである。

50歳を過ぎての手習いがここまで上達するにはどれだけの時間、ピアノの前に座っただろうか。徳永さんは「ずっとパチンコばかりやってたから、座り続けるのには慣れていた」と冗談交じりに話した。「カンパネラ」はイタリア語で「小さな鐘」のこと。徳永さんには、カンパネラが新しい世界を切り開く合図の鐘になった。いつか、どこかで鐘は鳴る。聴き漏らさないようにしなければ。

佐賀之書店

（2023年12月4日）

昨年秋、福井県敦賀駅前に『ちえなみき』が開店した。市が運営に関わる全国的にも珍しい公設書店である。年間10万人の来店を見込んでいたが、3カ月で達成。本の売り上げも想定を大きく上回っているという◆活字離れや電子書籍の広がりなどを背景に、全国で「街の本屋」が減っている。佐賀県内も閉店が相次ぎ、1990年代初めの約140店をピークに減り続け、現在は40店ほどになっている。公設書店の登場は書店経営の厳しさの証左だろう◆そんな中で、うれしいニュースである。2020年3月に書店が閉店したJR佐賀駅構内に『佐賀之書店』がきのうオープンした。開設したのは佐賀との縁も深い直木賞作家の今村翔吾さん。書店の閉店を知り、恩返しの気持ちで思い立ったという◆初日、多くの人が集まり、くす玉を割って書店復活を喜び合った。「末永く佐賀の人に愛されるように頑張りたい」と今村さん。佐賀県のシンボルカラー緑色のエプロン姿で、店長さんは髪の色まで緑に染めていた。きっと、県民の暮らしに溶け込む街の本屋になるだろう◆電車やバスの待ち時間、気軽に立ち寄れる書店の存在はありがたい。背表紙を眺め、ふと手にした一冊が楽しい時間をくれたり、あすの希望になったりする。ネットで簡単に買える時代でも、書店ならではの魅力がある。

デジタル社会である。電子書籍が増えていくのは当然の流れであり、わざわざ書店に行って本を探すのは「タイパ（時間対効果）が悪い」ということになるだろう。さらに、スペパ（空間対効果）なんて言葉も聞くようになり、かさばる本は分が悪くなる一方である。

そうした状況であっても、ふらりと書店に立ち寄り、買うあてもなく背表紙をながめる。それは気持ちが落ち着く時間であり、ネット注文では出会えない本を手にする機会でもある。何となく立ち読みして買った本が大事な一冊になることだってある。

文芸評論家の江藤淳さん（1932～99年）は「本は活字だけでき上っているものではない」と書いている。ページを開く前の書物が、すでに湧き上がる泉のような言葉をあふれさせていることがあり、本は佇んでいるひとりの人間に似ている、という。装丁や手に取った時の感触、重み。今村翔吾さんも佐賀の人たちに、その感覚を味わってほしいと願い、書店経営に挑んでいるのではないだろうか。

カラオケと忘年会

（2023年12月9日）

原稿が進まず、社内をぶらついてばかりいる。「暇そうにしている。あいつに仕事をさせなければ」と、カラオケ大会の審査員という畑違いの役目が回ってきた。「不適任で業務外」と断りたいところだが、「働かないおじさん」の後ろめたさがあるので引き受けた◆JAバンク佐賀が主催する大きな大会だった。地区予選を勝ち上がった出演者は、いずれも玄人はだしの堂々とした歌いっぷり。はつらつとした高齢の人も多く、元気をもらって存外に楽しい時間を過ごした◆忘年会シーズンである。下戸の上にカラオケも苦手で、若い頃は酔っ払って強要してくる先輩が疎ましかった。拒み切れずに下手な歌を歌ったものだが、今ならハラスメントの類いだろう。カラオケどころか、忘年会の参加に対しても「業務ですか?」「残業代は出ますか?」と問う若い社員がいるそうだ◆社会保険労務士のインタビューも交え、ＮＨＫが真面目に伝えていた。経営者や上司からの相談は多く、強制しない誘い方を助言しているという。従業員の生活実態に合わせ、勤務時間内の日中に開いている会社も紹介していた◆一年の労を共にねぎらい、親睦を深めるのが忘年会だろう。酒は飲みたい人が好きに飲めばいいし、カラオケも好きな人が歌えばいい。気兼ねなく楽しんでこそ、職場の活力につながる。

職場の忘年会を避けたがる若い人は周りにもいたが、忘年会が嫌いなわけではない。職場の人であっても、親しければ一緒に酒を楽しむし、嫌な人ならおごってもらえるとしても断る。仕事とプライベートの境界をなし崩しにはしたくないということだろう。

ワークライフバランスを重視するようになり、明確に境界を意識する人が増えてきた。記者という仕事は、どうしても境界線が薄くなりがちで、事件や事故が起きれば夜中であっても呼び出される。そうした緊急事態はたまにしかないのだが、その感覚の延長で日常の業務連絡まで時間外に行うと若い人に嫌がられる。酒席どころか、仕事であっても境界線に気をつけるのは必須の時代である。

ちなみに、「業務ですか?」と言いたくなるようなカラオケ大会の審査は存外に楽しかった。歌の上手、下手など分かるはずもないと思っていたが、採点はほかの審査員とほぼ一致した。気が進まなくても参加してみれば楽しい。多少の犠牲を払っても、嫌がらずに何でもやってみるべき。そんな説教くさい本音が透けていたから、若い人に嫌がれたのかもしれない。

映画『とにりぬ』（2023年12月16日）

漫画『天才バカボン』で、バカボンのパパが映画を見て帰ってきた。ママから何を見てきたかと聞かれ、パパは「とにりぬじゃ！」と答えた。オンライン証券会社の会長を務める松本大さんは、子どもの頃に読んだこの場面を鮮明に覚えているという◆「とにりぬ」とは『風と共に去りぬ』だった。パパは漢字が読めないため、平仮名だけをつないで答えていた。漢字が読めたなら、何か想像ができて思索が巡るのではないか。松本さんは子ども向けに限らず、大人が読む出版物やウェブサイトにもルビを振る活動を展開しようと、今年5月に「ルビ財団」を立ち上げた◆松本さんはルビを振った出版物が減っている状況を懸念していた。子どもが好奇心に任せ、少し背伸びをして大人の本も読めるようにすれば、大人の世界を垣間見ることができる。英語圏にはない漢字の問題を解消し、情報量の拡大につなげたいと考えた◆「今年の漢字」は「税」「暑」「戦」「虎」「勝」がトップ5だった。それぞれに関連する今年の出来事が浮かんでくるが、そう思えるのも漢字が読めるからこそである◆財団の合言葉は「ルビフル」。適切にルビを増やすことで、あらゆる人が学びやすく、多文化が共生する社会を目指している。読める人には不要なルビだが、小さな文字に込められた大切な視点である。

新聞では、常用漢字以外は基本的にひらがなで表記する。でも、字面や文章全体のバランスなどが気になり、漢字が使えるのに使わなかったり、使えないのに使ったりする。書き手の勝手なこだわりでしかないのだが、読む人とっては「読める」ということが何よりも大事だろう。

ルビは多用すると行間が詰まった印象を与え、あまり使わないようにしていた。「これくらい読めるだろう」「自分で調べれば知識も増える」などと偉そうに思っていたわけではないが、ルビ財団の取り組みを知り、確かに「読めてこそ想像ができて思索が巡る」と反省した。実際、辞書で調べるにしても読めなければたどり着くのは大変な労力で、いちいち調べていては途切れてしまって文章の味わいなどあったものではない。

イギリスでは活字の大きさを宝石の名前で呼んでいたため、「ルビ」はルビーからきている。文章は伝わってこそ意味がある。小さな文字であっても、それによって漢字が読めれば宝石のような輝きを放つ。バカボンのパパを置いてきぼりにしてはいけない。

「そうか、もう君はいないのか」（2024年2月24日）

作家の城山三郎さん（1927〜2007年）は経済小説という新しい分野を切り開いた。政治家や官僚を描いた作品など、骨太の伝記や歴史小説も数多く残している◆きょう2月24日は城山さんの妻容子さんの命日である。2000年、68歳で亡くなった。本人ではなく、妻を取り上げるのは奇異に思われるかもしれないが、城山さんが最後に書きつづっていたのは先立った妻との記録だった◆城山さんは妻を亡くした後の生活に慣れなかった。〈ふと、容子に話しかけようとして、われに返り、「そうか、もう君はいないのか」と、なおも容子に話しかけようとする〉。出版された手記のタイトルは『そうか、もう君はいないのか』（新潮文庫）。このひと言に寂寥感、喪失感が凝縮している◆特攻隊の作品を考えていた城山さんは、妻の死によって構想を変えたという。死んだ人だけでなく、残された人も悲しみや喪失感にさいなまれるのではないか。〈理不尽な死であればあるほど、遺族の悲しみは消えないし、後遺症も残る〉。その思いを込めて『指揮官たちの特攻』を書き上げた◆ロシアによるウクライナ侵攻はきょうで2年になる。多くの兵士、市民が犠牲になり、残された家族は喪失感を抱えて生きている。「そうか、もう君はいないのか」。深い嘆息が聞こえてくるようである。

城山三郎さんが妻容子さんと出会ったのは学生時代だった。帰省した名古屋の実家近くの図書館に行ったたが、規定の休館日でもないのに休館の札が下がっていた。そこにオレンジ色がかった赤のワンピースの娘がやってきた。城山さんは「くすんだ図書館の建物には不似合いな華やかさで、間違って、天から妖精が落ちて来た感じ」と表現している。

妻との暮らしをつづった『そうか、もう君はいないのか』を読んでいると、こちらが気恥ずかしくなるほどの愛が伝わってくる。晩年になってから、妻に対する思いをこんなに率直に表せるものだろうか。気骨のある男たちを描いた作品を数多く残した城山さんが、最後に書いていたのがこの手記だった。まさに、かけがえのない存在であり、共に生きてきたという強い思いがあったのだろう。

「そうか、もう君はいないのか」。何とも切ないつぶやきである。手遅れかもしれないと思いつつも、出会った頃を思い出せば、思いやりや感謝の気持ちが膨らんでくるはず。「いい年をして」と照れもあるが、「いい年だから」こそであろう。生きているうちは、まだ間に合う。

FIRE

（2024年3月16日）

早期退職した後は、キャンピングカーを買って妻と旅行する計画だった。村上龍さんの小説『キャンピングカー』の主人公は夢を実現しようとするが、妻は「気が進まない。自分の時間がなくなるのは困る」と拒絶する◆主人公は長年、営業職で頑張り、取引先と信頼関係を築いてきたという自負もあった。娘に再就職を勧められて昔のつてを頼るが、ことごとく冷たくあしらわれ、会社の看板が外れた現実を思い知る場面は切ない◆還暦が近づくと、仲間内の話題はこれからの生き方になる。定年後も同じ会社で再雇用を望んだり、転職先を探したり、悠々自適を夢見たり。描く生活はそれぞれだが、最近はＦＩＲＥ（ファイア）が注目されているという。「経済的自立」と「早期リタイア」の英語の頭文字を並べた言葉だそうだ◆一定の貯蓄をした後、資産運用で暮らす。ぜいたくはせずに運用益の範囲で過ごし、できるだけ貯蓄を減らさないようにするライフスタイル。政府も株式や投資信託などを増やす目標を設けて「貯蓄から投資へ」と促そうとしているが、当然ながらリスクを伴う◆ＦＩＲＥの実現にはどれほどの元金が必要か、組織の看板が外れた時に何ができるか、家族はキャンピングカーに乗ってくれるのか…。あれこれと行く末を考え、視界不良のままに還暦談議は盛り上がる。

〈雁《かり》の列より離れゆく一つ雁おもひて書きぬ退職願〉高野公彦

歌人の永田和宏さんが解説している。編集者だった高野さんは50代前半で、歌人として生きていこうと決心して退職した。集団の中にいる時は束縛がうっとうしかったり、人間関係が煩わしかったりしただろうが、集団にかくまわれている安心感もあったはずである。いざ、職を辞すると決意した時、「離脱」という思いが胸を衝いたのかもしれない。その意志を「退職願」として表明しようとしている昂ぶりが背後に静かに流れている―と。

自分で決めた新聞社の退職だったが、雁の列から離脱するような感覚が確かにあった。妻とは世間並みにうまくいっていると思ってはいるが、キャンピングカーを買って一緒に旅をするとは思えない。悠々自適に、ぜいたくに暮らせるほどの蓄えもない。退職から数カ月、まだ先の見通しは立たないまま。周囲から「これから、どうする?」と尋ねられるたびに、列から離れた心細さが襲ってくる。60歳で年金生活に入っていた時代なら、胸を張って自由の身になれたのだろうが、そうはいかない厳しい現代社会である。

「無名」の眼

（2024年3月30日）

作家の沢木耕太郎さんは「どこかで父を畏《おそ》れていた」という。畏れを感じていたのは膨大な知識。いつか対等に話せるようになるのか、追いつけるのかと思うと、絶望的になることがあった◆作家になってからも、畏れは続いた。世の中には、たとえ「無名」であっても父のような人がいる。そんな人たちの眼が知ったかぶりをして、偉そうな口をきくのをためらわせたと書いている◆作家を引き合いに出すのはおこがましいが、その心情は分かる気がする。幅広い知識や経験を持つ人、味のある文章を書く人、人の心を深く感じることができる人…。読者の中には学歴や社会的地位などにかかわらず、無名であっても畏れを抱かせる人がいて、薄っぺらな美辞麗句を並べても見透かされる◆こうした読者の眼を意識しながら、浅学非才を必死に隠して原稿と向き合ってきた。この欄を担当したのは1年に約200日、3年で600日。朝のせわしい時間に付き合っていただき、感謝の思いしかない◆沢木さんは父のような人たちの眼があったから、知っている領域以外のことを書いたり、話したりはしなかったという。新聞コラムはそうもいかず、付け焼き刃で知ったかぶりもしたが、「無名」の厳しい眼は優しさを併せ持ち、ときに励ましの言葉をくれた。思い出の宝箱に入れて、ふたを閉じる。

「畏れ」は「恐れ」とは異なり、畏敬の念につながる。編集局長や論説委員長などと大そうな肩書を付けられて仕事をしてきたが、自分でも知識、見識の乏しさは分かっていた。それでも任された役目であり、精いっぱいに果たそうと、もがいてきた新聞社生活だった。ようやく畏れから逃れる時を迎え、最後に何を書こうかと考えた時、やはり沢木耕太郎さんに触れたいと思った。

沢木さんは1970年に『防人のブルース』でデビューし、『若き実力者たち』『敗れざる者たち』『深夜特急』など数多くのノンフィクション作品を発表した。高校生の頃から夢中になって読み、「何か文章を書く仕事に就きたい」と思うきっかけになった。ルポルタージュと日々の新聞記事では競技種目が違うようなものだったが、記者という仕事に興味を抱いた最初が沢木さんの作品であり、締めくくりの題材に使わせてもらった。

『無名』には俳句をたしなんでいた父の句集を編む過程が描かれている。私の母も唯一の趣味が俳句で、沢木さんに倣って句集を作ってやるつもりだったが、「恥ずかしい」と固辞されてしまった。退職後の手すさみの当てが外れ、自分の拙稿をまとめた次第である。お付き合いをいただき、畏敬の念を覚える多くの「無名の眼」に重ねて感謝である。

九十九～あとがきに代えて

吉野弘さん、谷川俊太郎さん、向田邦子さん、沢木耕太郎さん…。同じ人が何度か登場する。読み返してみると、興味、関心の狭さや偏り、読書量の乏しさを痛感した。約600本の有明抄の中から99本を選び、当時を思い出しながら〝余滴〟をまとめた。拙い表現に、思わず書き直したくなる衝動にかられたが、すでに紙面に載ったわけだから、どうしようもない。顔が赤らむようなコラムもあったが、それを含めて足跡である。

書き始めたのは4月の終わり。時間はたっぷりとあるので、ゆっくり、ゆっくりと思っていたが、夏を迎える前に書き終えてしまった。「公器」といわれる新聞と違い、自費出版の気楽さ。公序良俗に反しない限り、何を書いても自由であり、楽しみながら書き進めた。

区切りの悪い99本だが、九十九は「つくも」。百の一つ前で、「次百（つぎもも）」が由来という。次は百になると、もうひと踏ん張りする大切さが込められている。この先、人に読んでもらう文章を書く機会はないのかもしれないが、「次百」の気持ちで過ごしていきたいと思う。

２０２４年6月

おまけ

「編集局長だより」から

２０１８年４月から３年間、編集局長を務めた。月に１回、新聞の１面に顔写真まで付けたコラム「編集局長だより」を書くのが課せられた仕事の一つだった。コラムの狙いは読者と、編集局や紙面との間をつなぐこと。その時々の編集テーマや企画などに触れながら、少しでも身近に感じてもらおうと思って書いていた。「おまけ」として、読んでいただければ幸いである。言うまでもなく、おまけだから大したものではない。

変革の時代～型を覚えて型破り

（2018年5月5日）

好きなコマーシャルがある。俳優の山田孝之さんが工事現場の作業員や営業マンなど、いろんな「働く人」を演じる缶コーヒーのシリーズCM。ゴクッとコーヒーを飲んだ後、最後に映し出されるキャッチコピーがいい。

〈世界は誰かの仕事でできている〉

日々、仕事に追われる。一つ片づいたかと思えば、また次の仕事が待っている。うまくいかず、周囲の期待に応えられない時もあり、「やっていけるのだろうか」と不安になったりする。そんな時、このCMを見ると、「何かの役に立っているはず」と思えてきて、励まされたような気持ちになる。

新年度が始まって1カ月が過ぎた。編集局にも研修を終えた新人が配属され、懸命に頑張っている。不安と戸惑いの毎日だろうが、ひるまずに伸び伸びとやってほしい。多少の失敗は許されるのが新人の特権である。

新人に限らず、春の異動で新しい業務に就いた人も、しばらくは基本の「型」を身につける期間だろう。どんな仕事も、まずは型を覚えなければ、「型破り」なことはできない。型があっての型破り。これは、歌舞伎の18代目中村勘三郎さん（1955～2012年）の受け売りだが、まさにそうだと思う。

型を覚えるのも一朝一夕にはいかないが、ある程度身につけた後の型破りはさらに難しい。従来のやり方にとらわれず、新たな挑戦ができるかどうか。型通りにこなすばかりではマンネリズムに陥る。

佐賀新聞は明治17（1884）年の創刊。長い歴史の中で収斂《しゅうれん》された現在のスタイルは簡単には変えられないが、ネット社会の進展など環境は激変している。記事の書き方や企画、レイアウトや紙面構成など、ずっとこれまでの発想でいいわけがない。

新聞はもちろん、他の業界も技術革新が進み、新たな取り組みを迫られる。そんな時、新人や異動してきた人など型にはまっていない人たちの発想が力になる。では、私のような凝り固まった頭の中高年に出番はないかというと、発想を形にするには経験も必要である。一緒に考え、それぞれの強みを生かして変革の時代に向き合いたい。

若手もベテランも、あなたも私も、世界をつくる「誰か」の一人なのだから――。

金婚式〜祭りと修業の半世紀

（2018年9月2日）

〈いい人と歩けば祭り、悪い人と歩けば修業〉

国の選択無形文化財「瞽女《ごぜ》唄」の継承者だった小林ハルさん（1900〜2005年）の言葉である。

瞽女とは、三味線を弾き、唄うなどして米やお金を得た盲目の旅芸人。小林さんは「最後の越後瞽女」として注目され、黄綬褒章も受けた。冒頭の言葉は、小林さんを取材した『鋼の女』（集英社）の著者・下重暁子さんがエッセーで紹介していた。

瞽女は3、4人が大きな荷物を背負って歩く。先頭が少し目の見える人。その肩に手を置き、一列に連なって旅をする。途中、いじめられたりもするが、目の見えない者同士、一緒に歩かざるを得ない。小林さんは、いい人と旅をする時は祭りのように楽しく、意地悪な人や嫌な人と旅をする時は自分を鍛えるための修業だと考えたという。

下重さんは「ハルさんは、決して人のせいにしない。自分で全て受け止めて、自分を鍛えた。打たれれば打たれるほど磨かれる鋼のような力。暗さをつきぬけ、明るさに転化させるエネルギー。それが年を経るごとにハルさんを美しくした」と評する。

夫婦や親子、友人、知人、仕事の関係など、私たちはいろんな人と接して暮らしている。常に良好な関係を保てればいいが、相性やその時々の気分もあって、そうはいかない。小林さんが経験した厳しさとは比べようもないが、全てを受け止め、明るさに転化させるエネルギーを蓄えていければと思う。

9月は、佐賀新聞社主催の「金婚さん表彰」が県内各地で開かれる。50年という長い年月に思いを寄せると、小林さんの言葉が重みを増してくる。金婚のご夫妻には「苦楽を共にした」のひと言では表せない、いろんな出来事があっただろう。

祭りのように楽しい時間ばかりであれば幸いだが、遠慮のない近さゆえにぶつかり、修業のように感じた時があったかもしれない。互いに理解し合っていながらも、祭りの合間に修業の時を挟んだ半世紀ではなかったか。それら全てが二人の歩みを彩ったに違いない。

地元紙として、人生の節目に関わることができるのは大きな喜びである。祭りのような日々を願いつつ、これからも共に歩み続ける金婚夫妻に心からのお祝いを伝えたい。

新聞週間～輿論と世論を意識して（2018年10月8日）

若い世代を中心に、「新聞離れ」がいわれて久しい。ネット社会の進展など要因はいろいろあろうが、読まない側を責めても仕方ない。新聞の作り手としては、紙面が「読者離れ」をしていないか、常に顧みる姿勢が欠かせないと思っている。

そこで意識するのは、世論の動向である。この世論、「よろん」と読んだり、「せろん」と読んだりする。なぜだろうかと不思議に思っていたが、その理由はメディア論を専門とする佐藤卓己・京都大教授の『輿論と世論』（新潮選書）に詳しい。

佐藤氏によると、元々「よろん」は「輿論」と記し、人々が持っている意見や考え、「天下の公論」を指していた。これに対して「世論（せろん）」は明治時代に生まれた新しい言葉で、民衆感情や社会の空気を表していた。二つは異なる概念だったが、マスメディアの普及によって「輿論の世論化」が進んでいったと指摘する。

メディアは1930年代から急速に浸透し、意見や考えを基にした「輿論」の形成に役割を果たしていた。それがメディアの大衆化に伴い、人々の感情や社会の空気といえる「世論」を反映するように変わっていった。46年の当用漢字表で「輿」が制限漢字となり、二つの言葉は区別されなくなったという。

新聞は報道と同時に、主張し、社会に訴える言論機能を担ってきたが、「輿論の世論化」

とともに言論の比重が後退してきたのは確かだろう。それは時代に合わせた変化でもあり、誤った道をたどったとは思わない。情報社会の現代にあって、声高に主張するような紙面は、むしろ「上から目線」のおごりと映るかもしれない。

ただ、一方で重要な諸問題が何となくの空気感だけで進んでは心もとない。「世論」を敏感に捉えつつ、多角的に記事を届けて「輿論」の形成に関わっていく。一人一人が考えをまとめる上で、新聞が有益な判断材料となるように、その役割を果たしていきたいと思う。

15日から「新聞週間」が始まる。改めて、新聞のあり方を考える機会である。明確な区別は難しい「輿論」と「世論」だが、社会に必要とされる新聞であり続けるため、意識しておきたい二つの言葉の変遷である。

新年を迎えて～自分の番をしっかりと

（２０１９年１月６日）

書の詩人・相田みつをさん（１９２４～91年）に『自分の番　いのちのバトン』という作品がある。

父と母で二人
父と母の両親で四人
そのまた両親で八人
こうしてかぞえてゆくと
十代前で千二十四人
二十代前では――？
なんと百万人を越すんです
過去無量のいのちのバトンを受けついで
いまここに自分の番を生きている
それがあなたのいのちです
それがわたしのいのちです

ふだんは離れて暮らしている家族が集まり、3世代、4世代でにぎやかに過ごされた人も多いだろう。それぞれに忙しい日々を送りながらも、正月は家族の絆を感じる時であり、この詩を思い出すと、「しっかり自分の番を生きなさい」と活を入れられたような気持ちになる。

連綿と受け継がれてきたのは家族だけでなく、仕事も同じ。農業や商業、勤めている企業・団体なども多くの先輩たちが次にバトンを渡そうと頑張ってくれたおかげで今がある。

佐賀新聞は今年8月、1884（明治17）年の創刊から135周年を迎える。このページの「佐賀新聞」の題字下に第46443号とあるのは創刊から本日まで発行してきた回数で、「紙齢」と呼ばれている。これまで多くの先輩たちが積み重ねてきた数字であり、現役の社員はこれを途切れさせずに発行していく責任を負っている。

当然ながら、この歴史は読者の支えによって築かれた。昔の記事やレイアウトを見ると古くさく感じたりもするが、その当時は読みやすく、有益な紙面だったはずである。歴史や伝統は、ただ同じように続けていれば守られるというわけではない。時代に合わせた創意工夫、変革の努力があったからこそ読者に受け入れてもらい、今につながっているのだと思う。

「いのちのバトンを受けついで、いまここに自分の番を生きている」。改めて胸に刻み、平成最後の、そして新たな元号となる一年のスタートを切りたい。

新しい環境～この辺りの者として（2019年5月12日）

4月に入社した新人や担当分野が代わった記者たちは、新しい環境に慣れてくる頃。少しずつ顔見知りも増え、いよいよ本格始動である。

記者の仕事は、人脈づくりが基本の一つ。担当する地域や業界などに溶け込み、いろんな情報をつかめるようにと苦心するが、これがなかなか難しい。どうしても、最初は気負ってしまって空回り。そのうち焦りと不安が膨らみ、落ち込むこともある。

記者に限らず、誰もが〝新参者〟の経験はあるだろう。会う人ごとに「初めまして」「よろしくお願いします」を繰り返してきたが、狂言の舞台は「この辺りの者でござる」というせりふで登場人物が自己紹介するところから始まるそうだ。ある広報誌に載っていた野村萬斎さんのインタビュー記事で知った。

萬斎さんは「狂言には特定のヒーローやヒロインは出てきません。いつの時代のどこにでもいる市井の人々が『いま、このとき、ここにいる者』として登場します」と、能との違いを織り交ぜて分かりやすく解説していた。

北京やパリでの公演でも、萬斎さんは「この辺りの者でござる」と登場した。どこであっても、昔からそこに住んでいるように始める。「古典芸能といっても、まさに『今』を演じているんです」と述べている。

新たな環境に、こんな感じで入り込んでいけたなら、と思う。肩の力を抜いて「この辺りの者」「ここにいる者」として、出会った人たちと向き合ってみる。しっかり根を張る気持ちさえあれば、受け入れてもらい、何とかやっていけると信じたい。

最初は緊張もするし、臆することもあるが、次第に慣れてくると、出会いが楽しみになる。人付き合いは決してうまくはなかったが、支局や役所など担当した分野で多くの人と知り合い、仕事の枠を超えて、いろんなことを教えてもらった。

一つの分野を担当するのは数年で、配置換えでまた次となる。だからといって、出会いをぞんざいにし、「通りすがりの者」であっては相手に見透かされる。かっこいいヒーロー、ヒロインにはなれなくていい。「この辺りの者」として、親しみのある太郎冠者のように溶け込んでいきたいものである。

ご近所感覚～「共助」につながる関係（2019年9月16日）

災害時は「自助」「公助」とともに、「共助」が欠かせない。8月の豪雨でも各地域で助け合い、支え合いの光景が見られ、今も生活再建に向けた支援が続いている。人間関係が希薄になっているといわれるが、「世の中、捨てたものではない」と感じた人も多かったのではないか。

ただ、そうは言いながら、普段の暮らしの中では結びつきが強すぎると煩わしく思う人もいる。昔から住んでいる人、新しく移り住んだ人など、それぞれに地域コミュニティーのあり方に対する考えの違いもある。濃密な関係を歓迎する人ばかりではなく、悩ましいところだが、いざという時には「共助」が機能する関係は保っていたい。

そのための程よい距離感とはどんなものだろうか。隣近所に限らず、相手との間合いの難しさを感じることはままあるが、永六輔さん（1933～2016年）の〝ご近所感覚〟を紹介したい。

永さんの実家の向かいに、口うるさい浪曲師が住んでいた。小学1年の時、父親に「明日から家の前を掃除しろ」と言いつけられた永さんは、張り切って浪曲師の家の前まで掃いた。すると、浪曲師から「余計なことをするな」と叱られ、翌日は道の真ん中で掃除をやめたという。

それを見た浪曲師、「この掃除の仕方は気に入らねえ。もうちょっと、おれんちの方へ寄れ。おれもちょっと、おまえんちの方に寄る。そうすると、道の真ん中は2人で掃除したことになる。よそから来た人にきれいな所を歩いてもらおう」と諭したそうだ。

永さんは「お互いがちょっと相手に寄る。寄りすぎちゃいけないが、重なっていく部分がどうしても必要だ」と、ご近所感覚の大切さを説いた。岩波書店で永さんの新書シリーズを担当した井上一夫氏は「彼のネットワークは、このご近所感覚で貫かれていた」と回想。絶妙な距離感のおかげで、心地よく付き合えたと感謝する。(『伝える人、永六輔』集英社)

私たちは地域で、職場で、いろんな人と接して社会生活を送る。無神経に踏み込みすぎてはいけないが、重なる部分を大事にする気持ちが心地いい関係につながり、「共助」の下地も強くする。永さんのご近所感覚を参考に考えてみたい。

年の瀬〜静かに振り返る時間を

（2019年12月15日）

朝、新聞に目を通していると、NHK朝ドラの主題歌が聞こえてくる。15分間しかない放送なのに、毎日1分余りもオープニングに割くのはもったいない気がするが、この間に朝の準備の手を休めてもらう狙いがあるそうだ。その狙い通り、曲が流れてくると新聞を閉じてテレビの前に座っている。

現在、放送中の「スカーレット」は信楽焼の産地を舞台に、ヒロインが独自の陶芸の世界を切り開いていく物語。スカーレットは「緋色《ひいろ》」。濃く明るい炎の色だが、先月、お会いした人間国宝の十四代今泉今右衛門さんが焼き物作りの火について、冗談交じりにこんな話をされた。

「陶芸をやる人間は、いいかげんなんですよ。火を使うので、焼き上がった作品はどうしても縮んでしまう。絶対に自分の思い通りにはならないから、いいかげんでなければ続けられない」。そう言って笑われた。

緻密な文様や造形の美しさは言うまでもないが、今右衛門さんにすれば、思い通りの完璧な仕上がりばかりではないのかもしれない。どんなに優れた技をもってしても、手が及ばない領域がある。それを受容した上で、さらに高みを目指してこられたからこその言葉だと受け止めた。

今年も残り2週間余り。平成から令和への代替わり、夏の参院選、記録的な豪雨…。いろんなニュースがあったが、思い通りの紙面を目指して力を尽くしたか。今右衛門さんの境地に遠く及ばないところで、力不足に努力不足を重ね、いいかげんにやり過ごしはしなかったか。慌ただしい年の瀬ながら、静かに振り返る時間を持ちたいと思う。

読者の皆さんは、どんな1年だったでしょうか。それぞれに思いはあるでしょうが、スカーレットの主題歌『フレア』（作詞・越智志帆）は励ましてくれます。

♪いたずらな空にも悔やんでいられない　ほら　笑うのよ　赤い太陽のように　いつの日も雨に負けるもんか　今日の日も　涙に負けるもんか—

新年に向けて、もう一踏ん張りです。

巣立ちの春～学び続ける意思を（2020年2月2日）

陰暦2月の異称「如月《きさらぎ》」には、「初花月《はつはなづき》」との呼び名もある。梅の花が咲く頃。先月21日、佐賀地方気象台は平年より8日早く開花を発表した。少しずつだが、春は近づいている。

紙面を開いて、春の足音を感じるのが恒例の企画「巣立つ」。高校3年間の学業、部活動での頑張りや将来の夢が6行の記事に凝縮されている。紹介できる生徒は限られるが、ほかの生徒たちもそれぞれに思いを胸にして学び舎を巣立っていく。

学校が好きだった人、そうでもなかった人、その理由を含めていろいろあろうが、学校ってどんな場所なのか。歌手のさだまさしさんが恩師の言葉を紹介していた記事（2019年8月27日付）が印象深く、切り取って手元に残している。

その記事は、各界の著名人が毎回、入れ替わって授業をするという設定の連載企画「14歳の君へ」。先生役となったさだまさしさんは「みんなに伝えたいことがあります。高校の恩師の言葉です。『学校は勉強しに行く所じゃない。勉強のやり方を教わる所』。卒業後、興味のあることを一生かけて学ぶんです。ぼくは今、子どもの頃よりも勉強しています」と、学び続ける大切さを説いていた。

さだ さんはバイオリンを習っていた子どもの頃を振り返り、こんな話もしている。「クラシックのプロへの道はすごく厳しい。情熱を少しでも失った瞬間に腕は落ちる。自分ではそれに気付かない」

思うようにバイオリンの腕は上達せず、挫折を経験したさだださんだが、その代わりに落語を聞いたり、本を読んだりと、いろんなものが自分に入ってきたという。そうした経験が新たな道を開き、多彩に活躍する今のさだださんにつながっている。

卒業しても、さだださんが言うように勉強は続く。むしろ、学校を出てからが身につけた勉強のやり方、学ぶ力が試される。学び、失敗し、また学ぶ——。その繰り返しに向き合っていく意思を持ちたい。「巣立つ」を読みながら、若い人たちにエールを送り、こちらも諦《あきら》めの「いまさら」が希望の「いまから」へと1文字、切り替わるような力をもらっている。

常套句～思考停止に陥らず

（2020年4月5日）

立川志の輔さんの新作落語に「バールのようなもの」という演目がある。ご隠居と大工のはっつぁんの掛け合いで、舞台は現代の設定。宝石店にどろぼうが入ったテレビニュースの「犯人は、シャッターをバールのようなものでこじ開け」という表現から話が展開していく。

はっつぁんがご隠居に尋ねる。「バールのようなもの」はバールなのか、そうではないのか。話の筋は落語を聞いてのお楽しみだが、ニュースのいろんな常套句《じょうとうく》が面白おかしく語られる。

「捜査のメスが入りましたって言うけど、メスを持った刑事を見たことがあるか？」「関係者はホッと胸をなで下ろしましたって、ホッと言ってる姿を見たことがあるか？」とご隠居。「バールのようなものと言っとけば、ニュースらしく聞こえるんだよ」とはっつぁんを説き伏せる。

若いころ、デスクや先輩から「常套句を使うな」と叱られた。常套とは「変化なく、ありふれたさま。決まった仕方」などの意。さすがに「捜査のメス」なんて表現は見かけなくなったが、常套句や慣用句は便利な言葉で、つい手が出てしまいがち。記事を読んでいると今も時折、安易な表現を目にする。

文芸評論家の谷沢永一さん（1929～2011年）はこうしたテレビや新聞の常套句を厳しく批判した。「使われる言葉が無神経で粗雑に流れたら、受けとる側の感じ方と考え方もまた決まり文句に押し流され、型通りの平板に陥るのは自然の傾向である」と述べている。考えることは結局、言葉を練る作業であり、常套句に頼るのは思考停止だという耳の痛い指摘である。

それは文章表現にとどまらず、発想や行動にも当てはまるだろう。変革の時代に、ありふれた、決まったやり方を続けるばかりでは展望が開けない。ましてや経験のない新型コロナウイルスの影響が拡大する中、「常套」で乗り切れるのか。改めて現状を見つめ、常套を脱して対処する努力をしたい。そんなことを考えながら、新年度のスタートである。

梅雨ごもり～コロナ禍の気づきを生かす（2020年6月21日）

「梅雨ごもり」という言葉がある。降り続く雨で外出できず、家にこもること。この時季になると、時折『雨のことば辞典』（倉嶋厚、原田稔編著）を開き、雨にまつわる日本語の豊かな表現を楽しんでいる。

新型コロナウイルスで「巣ごもり」が続いただけに、梅雨ごもりは余計にうっとうしくも感じるが、こちらは目映い夏への通過点。季節の移ろいを楽しむくらいの気持ちで過ごしたいと読み進めていると、小林幸雄著『雨の日の水遣り』が紹介されていた。

養護学校（特別支援学校）の校長先生の話である。一人の知的障害児が何をやっても途中で放り出す。ある日、学級花壇の手入れをしていると、その子がいつになく興味を示したので水やりをやらせてみた。それから毎日、その子は教えられた通り丁寧に水やりを続けた。

雨の日、校長室から外を見ると、いつものように水をやっている。近づいて声を掛けると、雨具を着ていない校長に、その子は自分のかっぱを脱いで濡れないようにと手渡した。その時、校長は「無意識のうちに自分の方が優れていると思い、与えることしか考えなかったが、人はみんな素晴らしいものを持っている」と、悟ったという。

無益な行為の例えに使われる「雨の日の水やり」から生まれた話が戒めにも思えて胸

に沁みる。与えている、助けていると思っていたら、助けられ、支えられていた。コロナ禍の中で、そう気づく瞬間があり、周りの人たちの素晴らしさを改めて感じた人も多いのではないか。

紙面を振り返っても、連日掲載した「あなたへ」には家族や知人への思いがつづられ、読ませてもらいながら気持ちが和らいだ。マスクを贈ったり、食べ物を提供したり、支援の広がりを伝える記事も多かった。その一方で、デマや誹謗中傷など、残念なニュースもあった。

新型コロナの感染は山を越えたが、この経験を無益な「雨の日の水やり」にしてはいけない。行政や企業、地域や住民が支え合って持続する社会へ。第2波、第3波を見据え、コロナ禍での気づきが生きるように、梅雨ごもりの日には「新しい日常」のありようを考えてみたい。

池井戸潤さんの指摘〜意識を高め、ひるまずに（2020年8月14日）

新型コロナウイルスの影響でテレビドラマも放送が中断したり、スタートが遅れたりしたが、徐々に動き出している。２０１３年の流行語にもなった「倍返し」の半沢直樹・新シリーズ（ＴＢＳ）も始まり、前作と同様にスリリングな展開を見せている。

ドラマの原作は直木賞作家の池井戸潤さん。コロナ感染が拡大する直前の2月下旬、佐賀市の明林堂書店南佐賀店で池井戸さんのサイン会があり、その際、学芸担当の記者がインタビューすることになったので同席した。

池井戸さんは創作活動について誠実に答えてくれたが、印象に残ったのは書店が減っている現状に対する話だった。活字離れやネット通販の普及など、書店を取り巻く環境は厳しい。相次いで閉店に追い込まれ、地域の文化を支えた「街の本屋」が姿を消している。さぞ残念がって懐古されるだろうと思っていると、池井戸さんは本の魅力を伝える書店員の意識や目利き力の大切さを指摘された。

池井戸さんはエンターテインメントとして書いているのに、銀行や企業が舞台となっているためか、経済分野の棚に並べられたりするという。すべてを読んで販売するのは無理だと分かるが、ジャンルまで違えては恥ずかしい。あまりに無造作で、そこにプロ意識はうかがえない。

佐賀でのサイン会が実現したのは池井戸さんの作品のディスプレーコンテスト（ダイヤモンド社主催）で、明林堂書店南佐賀店が全国２６３店の中から優秀賞に選ばれたからだった。陳列の担当者は日ごろからスーパーやコンビニなどの商品の見せ方を研究しているそうで、そうした努力があっての栄誉だった。

書店が減っていく現状は新聞の厳しさとも重なって映るが、高い意識で頑張る人の存在を知ると、反省と奮起を促されたような気持ちになる。やるべきこと、やれることがもっとあるのではないか。

単に並べるだけでは本が売れないように、新聞も漫然と編集しては読者に届かない。一人一人が意識を高め、行動を変えていく。ドラマみたいに格好よくはいかないが、池井戸さんにもらったサインを見ながら、ひるまずに前を向こうと気合を入れてみる。

成人の日～おとなへの出発点（2021年1月9日）

11日は「成人の日」。今年の佐賀県の新成人は8878人で、多くは2000年生まれのミレニアム世代である。すでに式典を終えた市町もあり、紙面には振り袖にマスク姿の新成人が友人との再会を喜び合う様子が載っていた。新型コロナウイルスの感染防止のため、体調チェックや入場制限など、いつもとは違う光景になっている。

こんな厳しい状況だからこそ、新成人にはエールを送りたい。10日までにすべての市町で式典が予定されており、家族や恩師ら多くの人がはなむけの言葉を贈ってくれるだろうが、ここでは谷川俊太郎さんの詩『成人の日に』の一部を紹介する。

〈成人とは人に成ること　もしそうなら／私たちはみな日々成人の日を生きている／完全な人間はどこにもいない／人間とは何かを知りつくしている者もいない／だからみな問いかけるのだ／人間とはいったい何かを／そしてみな答えているのだ　その問いに／毎日のささやかな行動で〉

若い人たちの未熟さにいらだったり、とがめたりする前に、わが身が答えている「毎日のささやかな行動」はどうなのか。この詩を読むと、省みる時間をもらい、いくつもの失態が浮かんで恥じ入るしかない。遠い昔に成人になったはずなのに、今も成人の日を生きているのだという思いがする。

谷川さんの詩は、新成人に向けて言葉が続く。〈どんな美しい記念の晴着も／どんな華やかなお祝いの花束も／それだけではきみをおとなにはしてくれない〉。他者を思い、自分を見つめる大切さや既成の権威、多数の意見に惑わされずに挑んでいく気概を求め、〈それこそがおとなの始まり／永遠に終わらないおとなへの出発点〉とメッセージを送っている。

新しい年が始まった。コロナ禍の中で、「静かな年末年始」を過ごされた人も多いだろう。明るい年になってほしいとの願いはいつもに増して膨らむが、再び緊急事態宣言が出る困難な局面にある。終わらないおとなへの道をしっかりと歩いていけば、光は見えると信じたい。気を引き締めて一年のスタートである。

手すさみの記

発行日　令和６年10月30日

著　　者　**大隈　知彦**
発　　行　佐賀新聞社
製作販売　佐賀新聞プランニング
〒840-0815　佐賀市天神3-2-23
電話　0952-28-2152（編集部）

印　　刷　佐賀印刷社
装　　丁　今泉　悠太